ACCOLITO

LEGATI DAL SANGUE LIBRO 2

ANCHE DI
RICHARD FIERCE

CAVALIERI DEI DRAGHI DI OSNEN

Prova di Stregoneria
Un Legame di Fiamma
La Chiamata del Guerriero
La Moneta delle Anime
Ali del Terrore
Occhi di Pietra
Dente e Artiglio
Il Servitore delle Anime
Fumo e Ombra
Il Cavaliere Oscuro
Il Canto delle Ossa
Spada e Corona
Maree di Tenebra
Ira e Rovina
Tomba dei Giuramenti

ACCOLITO

LEGATI DAL SANGUE LIBRO 2

RICHARD FIERCE

Copyright

Dragonfire Press

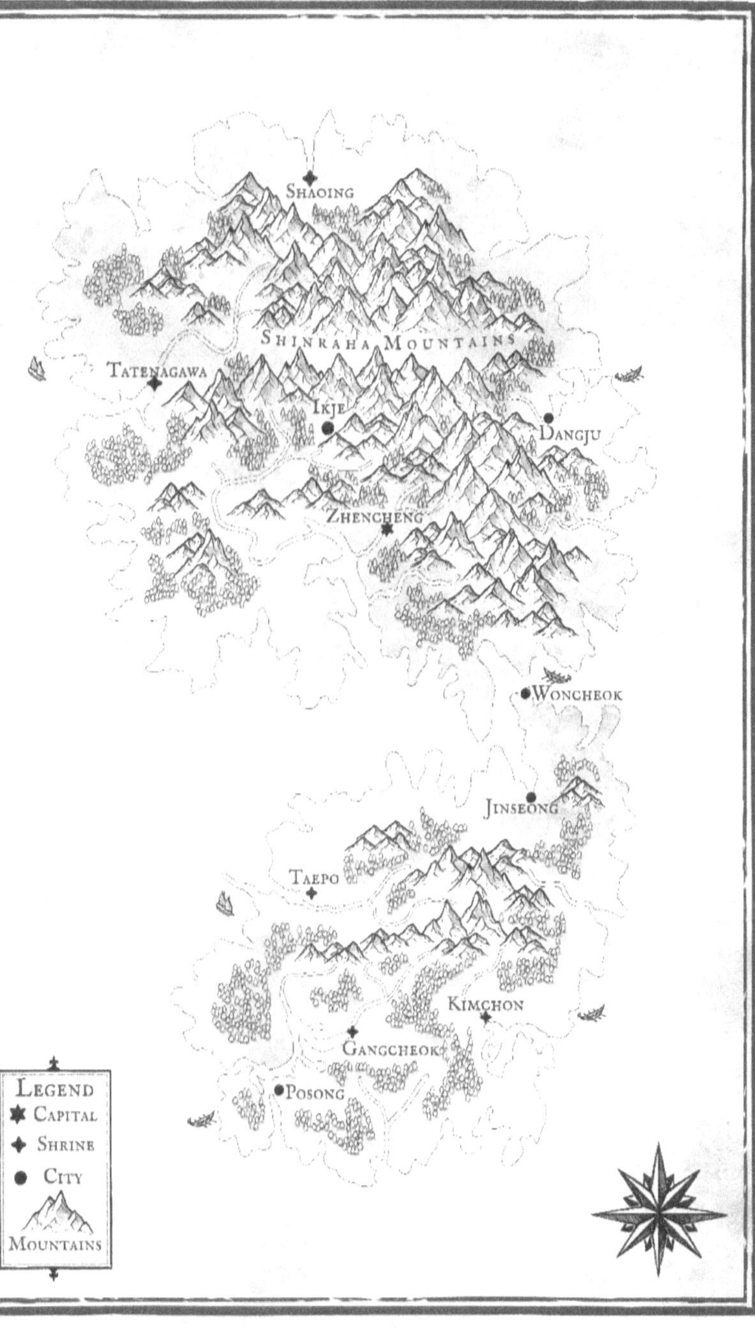

Shaoing
Shinraha Mountains
Tatenagawa
Ikje
Dangju
Zhencheng
Woncheok
Jinseong
Taepo
Kimchon
Gangcheok
Posong
Legend
Capital
Shrine
City
Mountains

1

Kai camminava nell'ombra delle grandi statue che si ergevano nel cortile del tempio: draghi con le ali ripiegate e cavalieri i cui occhi erano fissi sull'orizzonte, a scrutare cose ormai perdute nel tempo. Una folata di vento sollevò la polvere sui ciottoli, portando con sé un vago sentore di fumo.

Più avanti, Liu la attendeva. La sua postura era rilassata ma vigile, e la spada pendeva libera nella sua mano, con la lama che scintillava alla prima luce del mattino. Kai poteva scorgere la calma nei suoi occhi, la pazienza di un guerriero che aveva visto innumerevoli battaglie. Sguainò la spada, e il metallo cantò liberandosi dal fodero, un suono acuto e cristallino nel silenzio.

«Pronta?» chiese Liu. Il suo tono era pacato, ma c'era un'asprezza che le suggeriva che non sarebbe stata una sessione facile. Kai annuì, imitando la sua posa.

Fu lui a muoversi per primo, con un movimento rapido e fluido che disegnò un arco preciso con la spada verso di lei. Kai parò il colpo con la propria lama, e il cozzare del metallo risuonò nel cortile. L'impatto le si riverberò lungo il braccio, ma lei tenne duro, contrastando la forza di Liu.

Si mossero in una danza d'acciaio, ogni affondo e parata una dimostrazione di abilità. Liu era più veloce, più esperto, ma Kai aveva i suoi punti di forza. Stava imparando ad anticipare le sue mosse, a leggere i sottili cambiamenti nella sua postura che preannunciavano l'attacco successivo.

«Molto bene» disse Liu. «Non limitarti a reagire. Pensa in anticipo. Da dove arriverà il mio prossimo colpo?»

Kai strinse la presa sull'elsa della spada. Vide il lampo negli occhi di Liu, il leggero spostamento del suo peso, e si mosse, alzando la spada per bloccare il suo fendente successivo. Le loro lame si incrociarono e, per un istante, si trovarono faccia a faccia.

«Meglio, ma ti stai ancora concentrando sulla difesa. Prendi l'iniziativa.» Liu la respinse con una spinta decisa.

Kai fece un respiro profondo, reprimendo la rabbia. Cambiò posizione, cercando un'apertura con lo sguardo. Liu aveva ragione. Era troppo reattiva, troppo cauta. Doveva prendere il controllo, dettare il ritmo del combattimento. Finse un colpo alla sinistra di Liu, che si mosse per pararlo, ma lei spostò il peso, facendo roteare la lama in un ampio arco verso la sua destra. Gli occhi di Liu si sgranarono leggermente per la sorpresa, ma si riprese in fretta, parando il fendente.

«Stai imparando bene» disse lui con approvazione.

Kai non si lasciò distrarre dal complimento. Continuò l'attacco, con colpi sempre più rapidi e aggressivi. La lama di Liu li intercettava tutti, ma Kai si accorse che ora lo stava mettendo sotto pressione, costringendolo ad adattarsi.

Si spostarono per tutto il cortile, le loro spade che lampeggiavano, il clangore del metallo che echeggiava nel tempio. Kai sentiva la tensione nei muscoli, il bruciore della fatica, ma andò oltre, spinta dal desiderio di mettersi alla prova.

L'espressione di Liu rimaneva indecifrabile, ma c'era qualcosa nei suoi occhi: orgoglio, forse, o rispetto. Era difficile dirlo, ma le diede la forza di continuare, di spingersi ancora oltre.

Alla fine, Liu fece un passo indietro, abbassando la lama. Kai esitò, il petto ansimante per lo sforzo, ma abbassò anche lei la spada, intuendo che la sessione di allenamento era terminata.

«Stai migliorando» disse Liu. «Ma ricorda, i Drakka sono nemici formidabili, e la sola forza non ti farà vincere le battaglie. Ti surclasseranno ogni volta. Devi superare il tuo avversario in astuzia e abilità di manovra. Soprattutto, fidati del tuo istinto.»

Kai annuì, asciugandosi il sudore dalla fronte con il dorso della mano destra. Sapeva che aveva ragione. C'era ancora tanto da imparare, ma ogni sessione con lui la avvicinava alla padronanza delle abilità necessarie per diventare una Giurata. Con Liu che le insegnava a combattere e Kokoro che la guidava nel rafforzamento del suo legame, sapeva che sarebbe stata pronta quando fosse giunto il momento.

Percependo un cambiamento nell'aria, Kai si voltò e vide Kokoro. Camminava con passo misurato e si unì a loro. Liu chinò il capo in segno di rispetto e si allontanò. Sebbene Kokoro avesse sembianze umane, Kai non poteva negare che la sua presenza fosse inconfondibilmente draconica, e il potere che irradiava era palpabile.

«Vedo i suoi progressi giorno dopo giorno» disse, facendo un cenno verso la spada di Kai.

«Questa è facile da maneggiare» rispose Kai. «Il legame molto meno.»

«Il legame è come un muscolo. Più lo si esercita, più diventa forte. Ha già sentito la sua voce?»

«No, ma ho percepito qualcosa. Emozioni che non sono mie, ma sono fugaci. Non sono ancora riuscita a sentire veramente i suoi pensieri.»

«Questo è l'inizio» disse Kokoro, con tono rassicurante. «Il legame è ancora fresco, ma ha già fatto più progressi di quanto mi aspettassi. Non passerà molto tempo prima che le parli. Vada a lavarsi e mi raggiunga qui quando avrà finito.»

Kai rinfoderò la lama e chinò il capo, poi entrò nel tempio e si diresse alla sala da bagno. L'acqua calda le purificò il corpo, ma la sua mente era consumata dai pensieri sul suo drago. Se Kokoro aveva ragione, avrebbe sentito la voce del suo drago da un giorno all'altro. Eppure, i dubbi persistevano. Dopo aver passato l'intera vita senza sentire il drago che l'aveva scelta in origine, era difficile credere che la sua esperienza attuale sarebbe stata diversa.

Uscì dal bagno sentendosi rinvigorita. Dopo essersi asciugata e vestita, tornò nel cortile dove Kokoro la attendeva. C'era anche il drago di Kai, e le sue scaglie dorate scintillavano alla luce del sole. Ad ogni respiro, sbuffi di vapore le uscivano dalle narici, arricciandosi e dissipandosi nell'aria del mattino.

«Oggi proveremo qualcosa di diverso» disse Kokoro. «Chiuda gli occhi.»

Kai obbedì e fece scorrere le dita lungo la stoffa dei pantaloni, cercando una cucitura da far passare sotto le unghie.

«Smetta» disse Kokoro. «Plachi la mente e si concentri sulla sua connessione con il drago. Non la forzi. Lasci che le venga naturale.»

Kai inspirò profondamente e scacciò ogni pensiero. Immaginò il suo legame come un filo di luce, dorato come le scaglie del suo drago. Pulsava di vita e di energia. Per un lungo istante, non ci fu che silenzio.

Poi, lo sentì: una leggera spinta ai margini della sua coscienza, come un sussurro portato dal vento. Era debole, quasi impercettibile, ma c'era. Il cuore di Kai accelerò quando il suo drago emise un trillo, ma si costrinse a mantenere la calma.

Non c'era voce, ma c'era una presenza. Una sensazione la pervase, più potente di qualsiasi linguaggio parlato. A Kai si mozzò il respiro. Non aveva mai percepito lo spirito del suo drago con tale chiarezza. Era come se una porta si fosse aperta tra loro, permettendo loro di entrare in un luogo dove i loro pensieri potevano incontrarsi.

Kai tese la mano, esitante. La risposta giunse quasi immediatamente, un'ondata di calore che la riempì di un senso di pace. Percepì la vera essenza del suo drago: nobile, fiero, forte. Un fiotto di emozioni primordiali le inondò la mente: orgoglio, amore, determinazione, tutte amplificate dal legame. Era travolgente, ma anche meraviglioso. Una parola mai pronunciata le affiorò alla mente e lentamente aprì gli occhi, scorgendo Kokoro che la osservava intensamente.

«Il mio drago si chiama Hikari.»

2

Hikari.

Significava luce, il che Kai trovò appropriato, considerando come le sue scaglie sembrassero risplendere.

«Un nome bellissimo», disse Kokoro, lanciando un'occhiata al drago. «Il vostro legame si sta rafforzando, ma è ancora una cosa fragile. Per forgiarlo in qualcosa di indistruttibile, dovrà affrontare prove che vi mettano alla prova entrambe, sia fisicamente che mentalmente.»

«Che genere di sfide?»

Gli occhi di Kokoro si levarono al cielo per un istante prima di posarsi di nuovo su Kai. «I cieli sono il dominio dei draghi. Per comprendere veramente Hikari, per avere fiducia nel vostro legame, deve librarsi in aria insieme a lei. Deve imparare a volare come una sola creatura.»

Quelle parole trasmisero una fitta di paura nel petto di Kai. Volare, qualcosa che aveva sempre ammirato da terra, la spaventava. Aveva volato sul dorso del drago di Siran per giungere al tempio, ma quello era un drago con anni di esperienza nel solcare i cieli. Hikari era praticamente una cucciola.

«Percepisco la Sua paura», disse Kokoro. «È una reazione naturale per gli umani, ma è una reazione che deve dominare.»

«E se non ci riuscissi... se cadessi?»

«Non è sola in questo. Hikari sarà con Lei. Dovrà fidarsi di lei tanto quanto lei dovrà fidarsi di Lei.»

Kai sentì una presenza rassicurante avvolgerle la mente. La fiducia di Hikari fluì in lei, mettendo da parte la paura. Kai annuì, inspirando profondamente.

«La guiderò in questa prova», disse Kokoro.

Hikari abbassò il suo corpo massiccio a terra per permettere a Kai di salirle in groppa. Con mani tremanti, Kai si avvicinò, passando le dita sulle scaglie lisce del drago. Poteva sentire la forza del drago sotto il suo tocco, una forza della natura viva e pulsante a cui ora era legata. Kai si issò sul dorso di Hikari e si sistemò alla base del suo collo, appena davanti alle spalle.

La paura era ancora presente, ma era messa in ombra dalla fiducia di Hikari. Il drago dispiegò le sue ampie ali, la cui apertura proiettava ombre sui ciottoli. Con un battito potente, si sollevò da terra, e Kai vide la terra allontanarsi da lei. Per un breve istante, il panico le attanagliò lo stomaco, ma fu rapidamente soffocato dall'euforia che la travolse mentre si libravano sempre più in alto nel cielo.

Il vento sferzava, strattonandole i vestiti e i capelli, ma lei a malapena se ne accorse. Tutto il suo essere era concentrato sulla sensazione del volo: il ritmo delle ali di Hikari, il salire e scendere dei loro movimenti, il modo in cui il mondo sottostante diventava sempre più piccolo fino a non essere altro che un mosaico di verde e marrone.

Il cuore di Kai batteva all'impazzata, ma non per la paura. Il cielo si stendeva davanti a loro, una distesa aperta di possibilità, e per la prima volta provò un senso di libertà che non aveva mai sperimentato prima. Non poté fare a meno di ridere. Concentrando i suoi pensieri sul legame, inviò parole attraverso di esso.

È fantastico. Non avrei mai pensato di potermi sentire così.

Il legame vibrò in armonia, e Kai capì che Hikari condivideva i suoi stessi sentimenti.

Il mondo intorno a loro si offuscò mentre entravano nelle nuvole, che però si diradarono per rivelare il vasto blu soprastante. Le lacrime punsero gli occhi di Kai, sia per il bruciore del freddo che per le emozioni pure e autentiche che provava. Questo era ciò che significava essere legati a un drago, condividere non solo pensieri e sentimenti, ma esperienze, affrontare l'ignoto insieme.

Una voce sconosciuta toccò la mente di Kai, ma si rese presto conto che era Kokoro.

È facile volare con il cielo sereno, ma deve essere preparata al peggio. Guardi a sud-est, verso le montagne.

Kai girò la testa e i suoi occhi si spalancarono. Nubi scure turbinavano minacciosamente, e al loro interno lampeggiavano fulmini, proiettando brevi e frastagliate illuminazioni sulle cime delle montagne.

Vedo una tempesta, disse Kai.

Il legame si tempra nelle avversità. Voli attraverso la tempesta.

Il pensiero di volare in condizioni così pericolose fece riemergere la sua paura dimenticata.

Ma abbiamo appena volato insieme per la prima volta. E se...

E se invece riusciste? E se imparaste a fidarvi del vostro legame anche quando il mondo intorno a voi è nel caos? Non si tratta di imparare a volare con il cielo sereno. Si tratta di imparare a fidarvi l'una dell'altra.

Kai deglutì a fatica, con la gola secca. Sapeva di dover rafforzare il legame, ma volare in una tempesta le sembrava un modo infido per farlo. La presenza di Hikari le riempì di nuovo la mente, calmandola.

Hai ragione, disse a Hikari. *Possiamo farcela.*

Hikari virò e si diresse dritta verso la tempesta. L'aria si fece più fredda mentre si avvicinavano alle nubi scure, e le prime raffiche di vento le colpirono come un muro. Le ali di Hikari si sforzarono contro la turbolenza, e Kai poteva sentire la tensione nei muscoli del drago. Lei emise un ruggito potente, lottando per mantenere la rotta mentre il vento minacciava di sbalzarle di lato.

L'odore di pioggia e ozono era pungente nelle narici di Kai. I fulmini sfrecciavano intorno a loro, seguiti dal boato assordante del tuono. Kai strinse la presa intorno al collo di Hikari, ma era troppo grosso perché le sue braccia potessero cingerlo completamente. Chiuse gli occhi e si tese attraverso il legame con la mente, cercando di sentire ciò che Hikari sentiva: le correnti del vento, il cambiamento della pressione atmosferica, gli aggiustamenti istintivi che il drago faceva per rimanere in volo. Lentamente, iniziò a sincronizzarsi con il ritmo di Hikari, lasciando che gli istinti del drago le guidassero attraverso la tempesta.

Schivarono diversi fulmini mentre Hikari virava bruscamente per evitare le correnti pericolose che avrebbero potuto mandarle in una spirale fuori controllo. Kai aveva ancora paura, ma l'emozione era attenuata dalla sua crescente fiducia in Hikari. Poteva sentire la sicurezza del drago, la sua forza, e ciò rafforzava la propria. Sentendosi coraggiosa, aprì gli occhi.

Improvvisamente, una potente raffica di vento le sorprese dal basso, sollevandole più in alto di quanto Kai si fosse aspettata. Per un attimo terrificante, si sentì senza peso; la sensazione di cadere verso l'alto le provocò una scossa di panico. Prima che potesse rendersi pienamente conto di cosa stesse accadendo, Hikari ripiegò le ali e si tuffò verso il basso, fendendo il vento come una lama. La velocità era mozzafiato, l'aria sibilava accanto a loro in un ruggito. Il cuore di Kai martellava nel petto, ma si tenne forte, fidandosi completamente del giudizio di Hikari.

La picchiata le portò fuori dal peggio della tempesta e in una sacca d'aria più calma. Hikari dispiegò le ali, rallentando la loro discesa proprio mentre un altro fulmine saettava nel cielo, mancandole per un pelo. Kai sussultò, accecata per un attimo dal lampo di luce.

Dopo quella che parve un'eternità, la tempesta cominciò a placarsi. Le nuvole si diradarono e la pioggia diminuì, rivelando squarci di cielo sereno. I battiti d'ali di Hikari si fecero più costanti e la turbolenza si attenuò man mano che si lasciavano alle spalle il peggio della tempesta. Kai stentava a credere che fossero sopravvissute.

Ce l'abbiamo fatta, comunicò attraverso il legame, provando un profondo senso di orgoglio. Hikari rispose con un ruggito trionfante. Mentre tornavano in volo verso il tempio, il sole fece capolino tra le nuvole, gettando una luce dorata sulle montagne. L'esperienza aveva cambiato qualcosa dentro Kai. Poteva percepirlo, una differenza tangibile nel loro legame. Era più forte, la loro connessione più intima.

Quando atterrarono nel cortile, Kai scivolò giù dal dorso di Hikari, con le gambe tremanti. Kokoro le sorrise.

«Avete affrontato la tempesta e ne siete uscita più forte. Questa è l'essenza del legame tra cavaliere e drago. Non è un legame privo di paura, ma è affrontando quella paura insieme che si trova la vera forza.»

Kai chinò il capo. «Adesso capisco. Non si trattava solo di volare, ma di fidarmi di Hikari, anche quando sembrava impossibile. Perdonatemi per aver dubitato di Voi.»

Kokoro le posò una mano sulla spalla, con un tocco caldo. «Non dovete scusarvi. State imparando e, per imparare, è necessario porre domande.»

Hikari strofinò il muso contro Kai, e un'ondata di affetto passò tra loro.

«Andate a mangiare qualcosa e prendetevi un momento per recuperare. La vostra prossima prova vi attende.»

3

«Lei deve cercare un artefatto dei tempi antichi. È intriso di una magia che da tempo è svanita da questo mondo. È conosciuto come il Cuore di Fiamma, e riposa nel cuore del fuoco stesso.»

Le parole di Kokoro echeggiavano nella mente di Kai mentre sedeva in groppa a Hikari, osservando il paesaggio scorrere sotto di lei. Alberi e fiumi sinuosi lasciavano lentamente spazio a un terreno aspro, mentre si avvicinavano a una montagna la cui cima era avvolta da un velo di fumo.

Un vulcano.

Hikari scese, atterrando alla base della montagna dove la terra irradiava calore, un presagio dell'inferno che le attendeva all'interno. Una fauce cavernosa si apriva sul mondo, un passaggio scavato nel fianco della montagna da forze potenti, anche se Kai non sapeva se naturali o magiche.

Smontò e si guardò intorno. Il luogo era così minaccioso che dubitava persino che i Drakka osassero avventurarcisi. L'apertura era abbastanza ampia anche per la stazza di Hikari, e Kai fu grata di non dover affrontare da sola i pericoli della grotta.

«Sei pronta?» le chiese, passando una mano lungo le scaglie di Hikari.

In risposta, la dragonessa la fissò con uno sguardo consapevole, per poi addentrarsi nell'oscurità. Kai lanciò un'ultima occhiata al cielo e seguì Hikari. L'aria all'interno della grotta era pesante e sulfurea, e i polmoni di Kai protestavano per il caldo opprimente che la avvolgeva. L'enorme silhouette di Hikari era una presenza rassicurante contro l'oscurità.

La caverna sembrava pulsare al ritmo del cuore della terra, un battito ritmico che echeggiava il suo cuore accelerato. Ogni passo le portava più in profondità nelle viscere del vulcano e, poiché Kai era cieca nel buio, fu costretta ad affidarsi a Hikari per farsi guidare. Le si aggrappò alla punta della coda, avanzando lentamente e con cautela per non scivolare su qualche roccia invisibile.

Gocce di sudore le si formarono sulla fronte, colandole lungo le tempie, e i vestiti le si appiccicarono alla pelle. Il caldo le stava prosciugando le forze e annebbiando la concentrazione. Kai si fermò per riposare e si appoggiò alla parete. Hikari si arrestò e un'ondata di forza fluì attraverso il loro legame, rinvigorendo Kai.

Inviò la sua gratitudine alla dragonessa. Non c'era bisogno di parole; il loro legame trascendeva il linguaggio. Spingendosi via dalla parete, afferrò di nuovo la coda di Hikari e le due proseguirono. Kai si chiese se i cavalieri di un tempo avessero affrontato prove simili. Delle immagini le balenarono nella mente, ma non erano veri e propri ricordi. Le scene erano sconnesse e confuse, ma Kai riuscì a capire che ciò che Hikari le stava inviando erano echi del passato, istanti persi nel tempo che rispondevano alla sua domanda.

Sì, i cavalieri di un tempo avevano affrontato delle sfide, ma ben più difficili di quella che stava affrontando ora. Era difficile trarne conforto, quando si sentiva come se stesse soffocando.

Una scossa percorse la terra sotto i suoi stivali, un mormorio dalle profondità che le fece battere il cuore all'impazzata. In qualche modo, riuscì a discernere l'avvertimento: la camera che cercavano poteva presto diventare la loro tomba. Con l'urgenza del messaggio della montagna che le pulsava nelle vene, Kai spronò Hikari ad accelerare il passo.

La caverna intorno a loro si allargò lentamente e il sentiero si attorcigliò come un serpente, terminando bruscamente in un'enorme pozza di roccia fusa. Il calore era molto più intenso lì, e l'aria era così acre che pizzicava le narici di Kai e le faceva lacrimare gli occhi. Scacciò le lacrime con un battito di ciglia e notò una fila di pietre sporgenti che si ergevano dal magma. Dall'altra parte della pozza, un faro luminoso brillava nell'ombra, rivelando l'ingresso di una seconda camera.

Kai non aveva dubbi che quel faro fosse la reliquia. La sua magia la chiamava, un canto di sirena ammaliante che prometteva sia gloria che rovina. Hikari spiccò il volo e spiegò le ali, planando attraverso la pozza e atterrando dall'altra parte. Era ovvio che la dragonessa si aspettava che lei attraversasse da sola.

Il caldo implacabile mise alla prova i limiti della sua resistenza, ma si costrinse ad andare avanti. Saltò sulla prima pietra, agitando le braccia freneticamente per aiutarsi a mantenere l'equilibrio. Le altre pietre erano più ravvicinate e si mosse agilmente tra di esse. Ogni movimento era una danza con il pericolo, ma attraversò il magma senza incidenti. Quando fu al sicuro dall'altra parte, respirava a fatica, con l'aria che le bruciava i polmoni come se cospirasse con la roccia fusa per incenerire la sua determinazione.

Il sudore le colava liberamente sul viso e in punti che non avrebbe mai immaginato possibili, ma ce l'aveva fatta, e la camera era proprio davanti a lei. Un'aura di calore si intensificò a ogni passo, finché non dovette fermarsi e indietreggiare.

«Non ce la faccio,» sibilò. «È troppo.»

Hikari le inviò delle immagini attraverso il legame. Balenarono vivide nella mente di Kai, ma per lei non avevano senso. Non desiderava altro che sdraiarsi e riposare. Hikari ringhiò e altre immagini le affiorarono alla mente.

«Non capisco...»

La dragonessa volse lo sguardo direttamente su Kai, i loro occhi si incatenarono. Un'altra immagine le giunse, e la comprensione si fece strada in Kai. Chiuse gli occhi e si concentrò sul legame. Il singolo filo dorato era composto da molti fili più piccoli, tutti intrecciati insieme. Kai trovò quello nell'immagine che Hikari le aveva mostrato e lo toccò con la sua mente.

Uno scudo magico si materializzò a spirale intorno a lei, un bozzolo tessuto con i fili dei loro spiriti intrecciati. La barriera brillava debolmente di una luce blu, respingendo il calore. Kai era ancora sudata, ma almeno ora poteva respirare.

«Grazie. Ti devo la vita.»

Hikari sbuffò e scosse la testa. Kai sorrise, poi guardò l'ingresso della camera. Insieme, entrarono. Al centro dello spazio c'era un piedistallo scavato nella roccia, e sopra di esso giaceva un oggetto che bagnava l'intera camera di una tonalità cremisi. Era una gemma delle dimensioni del pugno di Kai, e la pulsazione che sentiva nell'aria proveniva da essa.

Con esitazione, Kai si avvicinò e tese una mano verso la reliquia. Nel momento in cui i suoi polpastrelli sfiorarono la sua superficie scintillante, la sua barriera protettiva svanì, ma invece di sentire il ritorno del calore, non cambiò nulla.

La camera cominciò a tremare e delle crepe si irradiarono a ragnatela sulle pareti di pietra. Era come se la montagna brontolasse per il disturbo del suo tesoro. Polvere e piccole pietre caddero a cascata dal soffitto, e Kai sentì che la terra la stava avvertendo di fuggire.

«Corri!»

Girandosi sui talloni, scattò fuori dalla camera, attraversando agilmente la pozza di magma. Raggiunse l'altra sponda e proseguì attraverso il tunnel, mentre la gemma le illuminava la via. Hikari era subito dietro di lei, i passi del drago che echeggiavano come colpi di tuono nella caverna vuota.

Il sentiero divenne insidioso quando roccia fusa cominciò a colare da fessure che si aprivano, una minaccia incandescente che sibilava e crepitava. Kai serpeggiava tra gli ostacoli, la sua agilità messa a dura prova dalle convulsioni della terra.

I muscoli le urlavano, eppure non osava rallentare il passo. Ogni falcata la portava più vicina alla salvezza e lontana dall'abbraccio distruttivo della montagna, che cercava di reclamare il suo tesoro. Il terreno sussultò sotto di lei, e il rumore della pietra che si spaccava si riverberò per tutto il corridoio.

Con uno schianto assordante, il sentiero alle sue spalle cedette, soccombendo all'ira della montagna. Un torrente di rocce e polvere si sollevò nell'aria mentre Kai raggiungeva la soglia delle fauci del vulcano. Inciampò in avanti, spinta dalla forza dell'eruzione e dalla mole di Hikari. I suoi stivali trovarono conforto sul terreno solido, al di là della portata dell'inferno, e voltandosi vide che il passaggio era ormai un cratere fumante. Il sentiero non c'era più, sepolto sotto strati di roccia e terra.

«Stai bene?» chiese Kai, osservando Hikari con preoccupazione. Il loro legame ardeva intensamente, e i suoi occhi si spalancarono quando Hikari rispose.

Ora sì.

4

In alto, sopra le nuvole, l'aria era frizzante e l'orizzonte si estendeva all'infinito. Kai si godeva la temperatura più fresca, grata che lei e Hikari fossero fuggite illese dal vulcano. Aveva riposto con cura il Cuore di Fiamma nella borsa di seta che Kokoro le aveva dato, e questo poggiava saldo tra le sue cosce mentre le sue mani si aggrappavano alle scaglie del collo di Hikari.

Le scaglie dorate del drago riflettevano la luce del sole, proiettando un debole arcobaleno di colori sulle nuvole circostanti. Quando Kai era più giovane, si era spesso chiesta come sarebbe stato cavalcare sul dorso di un drago. Era meglio di qualsiasi cosa avesse immaginato, ma sentire la voce di Hikari era la ricompensa suprema.

Come hai fatto a mostrarmi quelle immagini? Sono ricordi?

Credo di sì, rispose Hikari.

Cosa vuoi dire? Non lo sai per certo?

No. Mi sono giunte per istinto e le ho incanalate verso di te. Credo che siano ricordi di altri anziani.

Kai lo trovò intrigante. Come poteva un drago ricevere ricordi da un altro, specialmente da quelli che non c'erano più? Aveva molte domande, ma temeva di sommergere Hikari se le avesse lasciate sgorgare senza controllo.

Man mano che il nostro legame si rafforza, mi rafforzo anch'io, disse il drago, rispondendo alla domanda principale che bruciava nella mente di Kai.

Puoi leggere i miei pensieri?

Posso.

Questo mise Kai un po' a disagio. Significava che non avrebbe mai avuto privacy nella sua stessa mente?

Non lo farò più senza il tuo permesso, ma dovrai imparare a schermare la tua mente dal nostro legame.

Come te, sto ancora imparando, rispose Kai.

Il vento cambiò direzione e l'odore di fumo divenne opprimente. Kai si sporse a sinistra, guardando il suolo sottostante.

Lo sento anch'io, disse Hikari. *Sento delle urla.*

Riesci a raggiungere Kokoro?

Ci fu un momento di silenzio prima che Hikari rispondesse, *No. Non so come collegarmi alla sua mente.*

Kai riusciva a distinguere debolmente un villaggio vicino al fiume Tangsho. Colonne di fumo si alzavano nell'aria e capì che qualcosa non andava.

Dobbiamo aiutarli, disse Kai. *Puoi portarmi laggiù?*

Il legame fu inondato da un misto di preoccupazione e orgoglio. Kai pensò che Hikari avrebbe rifiutato, ma il drago rispose con un'ondata di accelerazione e si tuffò, scendendo verso il villaggio con la rapidità di una freccia. Man mano che si avvicinavano, Kai poté vedere l'entità del danno.

I tetti di paglia soccombevano alle fiamme fameliche. Il boato del fuoco si mescolava alle grida degli abitanti terrorizzati che correvano in ogni direzione. Hikari atterrò alla periferia del villaggio e Kai scivolò giù dal suo dorso, correndo immediatamente verso il gruppo di persone più vicino.

«Che cosa è successo qui?»

Una donna si voltò verso di lei, con il viso rigato di fuliggine e lacrime. «Drakka,» disse. «Sono sbucati dal nulla.»

Kai si guardò intorno, improvvisamente spaventata. Tornò da Hikari e legò la borsa di seta intorno al collo del drago, poi sguainò la sua lama d'ebano.

«Andate a sud,» istruì Kai agli abitanti del villaggio. «Attraversate il fiume e dirigetevi a sud-ovest verso Tatenagawa. Sarete al sicuro al tempio.»

Il piccolo gruppo fuggì oltrepassandoli e Kai rivolse la sua attenzione al villaggio.

Fai la guardia ai Drakka, disse a Hikari. *Io vado a prendere gli altri abitanti.*

Senza attendere risposta, Kai attraversò di corsa il campo ed entrò nel cuore del villaggio. Il calore delle fiamme era intenso e minacciava di bruciacchiarle la pelle. Gridò alla gente di seguirla, indirizzandola verso il fiume. Il fumo acre le riempì le narici e le fece bruciare gli occhi, ma lei proseguì, determinata a salvarne il maggior numero possibile.

Svoltando dietro una curva, Kai si bloccò. Diversi corpi giacevano nella polvere, ma non erano stati uccisi dal fuoco. Il sangue macchiava la terra sotto di loro e, a giudicare dalle impronte, erano stati vittime di un

Drakka. Stringendo la presa sull'elsa della sua lama, continuò cautamente ad avanzare.

Percependo un movimento alla sua sinistra, si girò di scatto, sollevando la lama e assumendo una posizione difensiva. Attraverso la foschia del fumo, apparve un ragazzino, che tossiva e ansimava. I suoi occhi si spalancarono alla vista della spada di Kai, ma lei gli tese una mano rassicurante.

«Sono qui per aiutare. Vieni con me.»

Il ragazzo accettò la sua offerta e si aggrappò al suo braccio. Lo ricondusse da dove era venuta, ma un Drakka emerse da dietro un edificio parzialmente crollato. Era simile nell'aspetto a quello che aveva visto a Ikje, ma questo aveva la pelle rossa.

«Fuoco,» mormorò tra sé e sé, capendo cosa avesse causato le fiamme. Il Drakka la vide e un ghigno sinistro si diffuse sul suo volto. Kai spinse il ragazzo dietro di sé e si preparò, concentrandosi sul ritmo del suo respiro. Si era allenata con Liu molte volte negli ultimi giorni e, sebbene avesse imparato molto, sapeva di non essere pronta ad affrontare un Drakka da sola.

La creatura le si scagliò contro, con gli artigli protesi, ma Kai deviò agilmente il suo braccio con la lama. Il Drakka ululò di dolore e si strinse il braccio. Vapori di fumo si levarono dalla sua carne dove la lama l'aveva toccato. Non l'aveva mai visto accadere prima, ma si era allenata solo con Liu.

La tua spada è stata forgiata per distruggere i Drakka, disse Hikari. *Sento la magia intrisa nel suo metallo. Brama il loro sangue.*

Incoraggiata dalle parole del suo drago, attaccò. La sua lama andò a segno e tracciò uno zig-zag frastagliato sull'avambraccio del Drakka. Sangue nero fuoriuscì dalla ferita. La creatura stridette di rabbia e colpì Kai con un pugno. Il colpo la scaraventò a terra, facendola ruzzolare lungo il sentiero cosparso di detriti. Kai atterrò pesantemente e rimase senza fiato mentre un dolore lancinante le trafiggeva il fianco.

Alzati, la spronò Hikari.

Kai si rialzò a fatica, preoccupata solo per il ragazzo che se ne stava lì, indifeso, mentre il Drakka gli si avvicinava. Sentì il suo *ki* divampare, pulsando nelle sue vene come un battito di tamburo. Guidata dall'intuito, affondò le dita nella terra e vi incanalò il potere che percepiva. Il terreno tra il ragazzo e il Drakka si sollevò, e terra e roccia si levarono a formare un muro che sbarrò la strada alla bestia.

Lo stupore di Kai non durò a lungo, poiché il Drakka ruggì e prese a martellare la barriera di terra. Questa resse, ma Kai non era sicura per quanto tempo ancora avrebbe tenuto. Sentiva le proprie forze svanire rapidamente e sospettò che la barriera fosse alimentata dal suo *ki*. Con la sua attenzione sviata, il Drakka non vide Kai se non quando fu troppo tardi. Lei gli immerse la lama nella schiena, la torse bruscamente e poi la estrasse di scatto.

Il Drakka emise un urlo gutturale che echeggiò in tutto il villaggio, con gli occhi sgranati per l'incredulità mentre barcollava per un istante prima di cadere in ginocchio. Il sangue sprizzò dalla ferita e la creatura crollò a terra, faccia in giù, morta. Kai ansimò quando un dolore acuto le trafisse la cassa toracica e la barriera di terra si sbriciolò.

«Corri al fiume, svelto» esortò Kai rivolta al ragazzo. Lui annuì, con gli occhi spalancati, e corse via. Il mondo intorno a Kai prese a girare e lei lasciò cadere la spada.

Non mi sento molto bene.

L'ultima cosa che vide fu il terreno venirle incontro.

5

Quando Kai aprì gli occhi, si ritrovò in un luogo sconosciuto. Faticava a dare un senso alle immagini sparse che le balenavano nella mente, e la raffica di ricordi di Hikari non faceva che aumentare il suo disorientamento.

Cosa è successo?

Hai perso conoscenza, rispose Hikari.

Kai si sorresse sui gomiti. Era sdraiata su una stuoia di paglia in una grande capanna aperta. Diverse persone ferite giacevano su giacigli simili, e la stanza era piena di gemiti sommessi e preghiere sussurrate. L'odore di sangue e fumo era denso nell'aria, e il sentore ferroso pizzicava le narici di Kai.

Dove sono?

Siamo ancora nel villaggio. Dopo che sei crollata, un gruppo di guerrieri è arrivato e ha scacciato i Drakka.

Sono ancora qui? chiese Kai.

Sì. Hanno domato gli incendi e stanno aiutando a recuperare ciò che resta.

Kai si costrinse ad alzarsi in piedi e uscì dalla capanna. I suoi sensi si acuirono mentre osservava il caos di ciò che rimaneva del villaggio. Le case erano ridotte in macerie e la terra era bruciata, eppure, nonostante ciò, Kai poteva percepire la resilienza degli abitanti del villaggio. Alcuni di loro erano già al lavoro per sgomberare le macerie.

Un gruppo di individui stava in piedi vicino a Hikari, e Kai capì dal loro portamento che erano i guerrieri di cui parlava la draghessa. Kai si avvicinò e uno di loro si voltò per guardarla.

«Si è svegliata. Temevo che la furia dei Drakka l'avesse reclamata.»

La sua voce, sebbene pacata, fendeva l'aria con una chiarezza che imponeva attenzione. Il suo sguardo si fissò su quello di lei, penetrante nella sua valutazione.

«Il mio nome è Ryn. Questo è il suo drago?»

«Sì,» rispose Kai.

«È unica. Non ne ho mai vista una come lei prima d'ora. Come si chiama?»

«Kai.»

«Lei non parla molto, vero?»

«Solo quando è necessario. Grazie per avermi aiutata. Il mio drago sta ancora imparando, e non credo che lei avrebbe saputo cosa fare per me.»

Le sopracciglia di Ryn si aggrottarono, ma non disse nulla.

«Cosa vi ha condotto qui?» chiese Kai. «Il vostro tempismo non poteva essere migliore.»

«Stiamo seguendo questo gruppo di Drakka da giorni. Volevo prenderli prima che incrociassero qualche insediamento, ma...» lanciò un'occhiata al villaggio e sospirò. «Non siamo stati abbastanza veloci.»

«Sono certa che le persone qui apprezzino comunque i vostri sforzi. Ha detto che stavate seguendo i Drakka... dove sono i vostri draghi?»

Un'espressione di dolore solcò per un attimo il volto dell'uomo. «I nostri draghi non sono più con noi.»

Kai aveva già sentito parlare dei Lacerati. Erano Giurati i cui draghi erano morti, solitamente per mano dei Drakka. Invece di tornare a una vita normale, si dedicavano a combattere le creature da soli. Offrì un silenzioso cenno di comprensione. Sebbene fosse legata a Hikari solo da poco tempo, sapeva che perdere quel legame significava perdere una parte di sé.

«Come siete riuscito a rintracciare le bestie? Nascondono i loro movimenti con la magia.»

«Fin da quando ero giovane, sono in grado di percepire i fremiti dei Drakka. Pensavo fosse qualcosa che avevo acquisito attraverso il mio legame, ma la capacità è rimasta anche se il mio drago non c'è più.»

«Sembra che l'imperatore ne farebbe buon uso,» disse Kai.

«Probabilmente lo farebbe, se glielo permettessi. Quando il mio drago è morto, ho reciso ogni legame con l'impero. I miei confratelli e io tracciamo il nostro sentiero.»

Kai ammirò la sua determinazione, sebbene si chiedesse perché non vedesse il valore di usare il suo talento al fianco dei Giurati.

«Dov'è il resto del suo contingente?»

Kai valutò come rispondergli e, prima che potesse parlare, lui disse: «È la benvenuta a unirsi a noi. Non è una Lacerata come noi, ma siamo in missione e potremmo usare il suo aiuto, e quello del suo drago.»

«Ho i miei doveri da sbrigare,» rispose lei. «Ma sono curiosa. Perché avreste bisogno del nostro aiuto?»

«Abbiamo un modo per assestare un duro colpo ai Drakka, ma non siamo equipaggiati per farlo da soli. È qui che lei e il suo drago ci sareste d'aiuto.»

Kai desiderò che Kokoro fosse con loro. Si fidava della guida della draghessa anziana, ma sapeva anche che non avrebbe sempre potuto fare affidamento su di lei. «Qual è il suo piano?»

«I Drakka usano caverne sotterranee per nascondere le loro uova. Ho trovato l'ingresso di una di esse. Se riusciamo a entrare, possiamo distruggere il nido.»

Gli occhi di Kai si spalancarono per la sorpresa. L'idea di distruggere un nido di Drakka la riempiva sia di trepidazione che di eccitazione. Scendere sottoterra per recuperare il Cuore di Fiamma era stato già abbastanza straziante, ma viaggiare nelle viscere della terra ed essere circondata dai Drakka era tutt'altra faccenda. Non era l'ideale, ma era una causa meritevole, se avesse avuto successo.

«Perché ha bisogno del mio aiuto? Sembra avere abbastanza uomini per un compito simile.»

Ryn le sorrise. «Niente può distruggere le uova dei Drakka tranne il fuoco di drago. Dovrebbe saperlo.»

È vero? chiese Kai a Hikari.

Sembra di sì. Anche se sono corrotti, sono pur sempre una forma di drago.

«Perché non andare dai Giurati? Assaporerebbero la possibilità di colpire i Drakka.»

«Le ho già detto che non mi allineo con l'impero.» C'era qualcosa nel suo tono che diede a Kai l'impressione che ci fosse di più nella sua storia oltre alla perdita del suo drago, ma se aveva delle rimostranze contro l'impero, erano affari suoi.

Cosa ne pensi? Credo che dovremmo consultare Kokoro.

Hikari la guardò intensamente e Kai poté vedere il proprio riflesso negli occhi blu della draghessa. *Seguirò la tua guida in questa faccenda. Se vuoi la benedizione di Kokoro, allora l'avremo... ma se vuoi prendere la tua decisione...*

Kai non ebbe bisogno di sentire Hikari finire la frase per sapere che la draghessa l'avrebbe seguita indipendentemente dall'esito.

«Che garanzie abbiamo che funzionerà?»

«Garanzie?» sbuffò Ryn. «Non ci sono garanzie in guerra, ma con la mia abilità, saremo un passo avanti ai Drakka se dovessero percepire la nostra presenza.»

Kai considerò i rischi. «Il legame che condividiamo con i nostri draghi è...» si interruppe, cercando le parole giuste. «Profondamente intrecciato. Vedersi strappare quei fili... è un'ingiustizia che chiede di essere sanata.» Guardò Hikari, che abbassò la testa in segno di approvazione.

«Vi aiuteremo.»

6

Mentre Kai fissava l'abisso nero, si chiese se avesse preso la decisione giusta. Hikari le camminava alle spalle, il che le dava un certo conforto, ma l'idea di rimanere intrappolata sottoterra con i Drakka le faceva battere forte il cuore.

L'aveva sorpresa scoprire che l'ingresso al nido si trovava a poche ore di marcia dal villaggio ma, a ripensarci, sospettò che fosse probabilmente da lì che provenivano gli assalitori.

Il tunnel era ampio e l'aria fresca. Se Kai non avesse saputo cosa l'aspettava, non avrebbe mai immaginato che quel tunnel conducesse a un nido di uova di Drakka. Non c'erano odori sgradevoli nell'aria, e il silenzio era rotto solo dall'eco dei loro passi. Ryn e i suoi uomini la precedevano, facendo da apripista con le armi sguainate e pronte, mentre le loro torce proiettavano ombre danzanti sulle pareti rozzamente scavate.

Più avanzavano, più Kai aveva la sensazione che qualcuno la stesse osservando. Le ricordò il giorno prima che la tempesta si abbattesse su Ikje.

Ikje.

Pregò che i suoi genitori stessero bene e che il Maestro Satoshi fosse riuscito a respingere l'attacco dei Drakka. Più pensava ai suoi genitori, più sentiva la nostalgia di casa.

Mi piacerebbe conoscere i tuoi genitori, disse Hikari.

Mi leggi di nuovo nel pensiero?

Un'ondata di senso di colpa proveniente dal drago la travolse.

Va tutto bene, lo rassicurò Kai. *È strano condividere i miei pensieri con un altro essere, ma è anche bello avere qualcuno con cui condividerli. Non ho mai...*

Ricordi della sua infanzia affiorarono spontanei, fluendo attraverso il loro legame. Era sola. Non c'era nessuno con cui parlare e agli altri bambini era proibito giocare con lei. Il vuoto che provava la tormentava ancora adesso, e i suoi occhi si riempirono di lacrime. Li scacciò battendo le palpebre.

Non sei più sola.

Le parole di Hikari la confortarono come nient'altro.

Grazie per esserti legato a me, disse Kai.

Grazie a te per avermi risvegliato. Non so per quanto tempo ho dormito, ma è stato decisamente troppo.

Mentre proseguivano la marcia, i pensieri di Kai tornarono al compito che li attendeva. L'aria si fece pesante e calda, e un debole odore cominciò a permeare l'oscurità. Ryn alzò una mano, fermando tutti. Si accovacciò, esaminò brevemente il terreno, poi si rialzò e fece cenno a tutti di proseguire.

Il tunnel si diramava in due direzioni diverse e Ryn li guidò lungo il sentiero a destra. Dopo una quindicina di metri, il tunnel si apriva in un'enorme camera. Lungo la volta della caverna, del muschio emanava un'inquietante luce verde fluorescente, illuminando centinaia di uova scure adagiate in culle di terra. Kai si bloccò alla vista di quello spettacolo.

«Ce ne sono così tante» disse.

«E questo è solo uno dei loro nidi» rispose Ryn. «Una volta che il Suo drago avrà bruciato i gusci, dovremo conficcare le spade in ciò che resta per assicurarci che siano veramente morti.»

Kai annuì e guardò Hikari. Il drago emise un brontolio, il cui suono echeggiò nell'ampia camera vuota che fungeva da grembo nelle viscere della terra. Avanzò a fatica e abbassò la testa, espellendo un torrente di fiamme sulle uova più vicine. Il calore investì Kai, che dovette fare qualche passo indietro per la sua intensità. Il fuoco si spense e le uova arsero senza fiamma, piccoli fili di fumo che si alzavano nell'aria.

Ryn e i suoi uomini si misero a conficcare le lame nei gusci. Kai li osservò mentre lavoravano. Erano uomini temprati. Non c'era esitazione nei loro colpi, né pietà. Mentre i Lacerati si spostavano da un cumulo all'altro, le loro armature sussurravano a ogni movimento. Sentendosi inutile, Kai si avvicinò per ispezionare il loro lavoro.

I gusci erano scuri come la sua spada, anche se le era difficile capire se fosse il loro colore naturale o un effetto delle fiamme di Hikari. Dalle perforazioni delle spade colava un liquido nerastro e, in una di esse, vide il piccolo volto di un Drakka, con la bocca aperta in un grido silenzioso.

Un'ondata di colpa la travolse e si distolse da quella vista raccapricciante. Sapeva cosa c'era in gioco, capiva cosa andava fatto, ma distruggere la vita prima che avesse la possibilità di iniziare era un compito sinistro. Fece un respiro profondo e si fece forza, poi sguainò la spada e si unì ai Lacerati.

Le dita di Kai si strinsero intorno all'elsa della sua lama d'ebano con una presa salda. Con passi decisi, avanzò verso la covata di uova più vicina e si fermò. L'istante si dilatò mentre sollevava la lama, il cui metallo catturava la luce del muschio sovrastante con un bagliore sinistro. La sua determinazione vacillò e la sua mano tremò.

Facciamo ciò che dobbiamo, le disse Hikari. *Siamo lo scudo contro l'oscurità, la spada contro il caos. Non stiamo uccidendo creature innocenti.*

Rincuorata dalle parole del suo drago, affondò la spada. L'impatto dell'acciaio sul guscio produsse un clangore risonante in tutta la camera, amplificato dal vuoto della grotta. Kai immerse la spada in un altro uovo. Le schegge volarono. Una dopo l'altra, le uova caddero sotto la sua lama nera.

L'aria si fece più fetida man mano che lavoravano. L'icore che fuoriusciva dalle uova odorava di carogne e le narici di Kai si dilatarono mentre reprimeva un colpo di tosse. Si sforzò di respirare con la bocca, ma non trovò che fosse molto meglio, poiché le sembrava di poter assaporare quel tanfo.

«Fermi!» gridò Ryn.

Tutti i suoni cessarono e Kai lo guardò per capire perché si fossero fermati. Dopo un momento di tensione che parve durare un'eternità, lui disse: «Continuate».

Il coro metallico riprese e, dopo diversi minuti, Kai si fermò per asciugarsi il sudore dalla fronte. Le braccia le dolevano per lo sforzo e, a giudicare da quanta parte della caverna non avevano ancora coperto, stimò che non erano nemmeno a metà del lavoro.

«Ci stiamo mettendo troppo tempo» disse a voce alta.

«Continuate» la esortò Ryn. «Non abbiamo molto tempo.»

«Stanno arrivando i Drakka?»

La sua mancanza di risposta fu tutto ciò di cui aveva bisogno. Kai si guardò intorno nella camera, cercando una via d'uscita, ma la luce del muschio illuminava solo fino a un certo punto, e tutto il resto rimaneva nascosto nell'ombra.

Vedi un'altra via d'uscita da qui? chiese a Hikari.

Ci fu una pausa, poi il drago rispose. *Non ce ne sono.*

«Dobbiamo andarcene finché possiamo» disse a Ryn. «Se i Drakka ci intrappolano qui dentro...»

Ryn strappò la sua spada da un uovo e si voltò verso di lei, con uno sguardo folle negli occhi. Era consumato dalla sete di sangue.

«Se moriremo, moriremo con onore» ringhiò.

Gli altri Lacerati si fermarono a guardarlo. Kai capì che non tutti erano d'accordo con le sue parole.

«Il vostro dolore è il mio dolore», disse uno degli uomini. «Ma la speranza non ci ha abbandonati. Se i Drakka si stanno avvicinando, voglio combatterli alle nostre condizioni, non alle loro. Kai ha ragione. Se ci sorprendono qui dentro, moriremo tutti.»

L'impeto di Ryn scemò e, quando parlò, le sue parole furono più calme. «M-mi dispiace. Avete ragione entrambi. Ho lasciato che il mio odio per queste creature avesse la meglio su di me. Per ora abbiamo fatto il possibile. Andiamocene, potremo tornare a finire il lavoro più tardi.»

Kai fu lieta che si potesse ragionare con lui. Non voleva abbandonare i Divisi laggiù, ma non aveva neanche intenzione di rischiare la morte per distruggere qualche altro uovo. Ryn rinfoderò la spada e attraversò la caverna, tornando da dove erano entrati.

«Aspettate», disse uno dei Divisi. «C'è qualcosa lì, nel buio.»

«Che cos'è?», chiese Ryn.

«Non ne sono sicuro. Dovrebbe dare un'occhiata.»

Ryn esitò, ma si voltò e si avvicinò al punto in cui si trovava l'uomo. Si inginocchiò e ispezionò il punto indicatogli.

«Non c'è niente-»

L'uomo colpì Ryn sul lato della testa, facendolo cadere a terra.

«Ha perso la testa, Shuji? Che cosa sta facendo?»

L'uomo, Shuji, premette la punta della spada alla gola di Ryn.

«Nessuno andrà da nessuna parte finché Kai non mi darà il suo drago.»

7

«Shuji, stupido! Non puoi legarti al drago. È già legata a Kai.»

«Non sono io a volerla» rispose Shuji. «Sono i Drakka.»

Kai lo fissò incredula. Conosceva a malapena quegli uomini, ma non avrebbe mai sospettato che uno di loro si sarebbe schierato con il nemico.

«Vorresti tradire il tuo giuramento?» sputò Ryn.

«Il mio giuramento è morto con il mio drago.» Shuji fece una pausa, lanciando un'occhiata agli altri Lacerati prima che il suo sguardo si posasse su Kai. «Mi dispiace» disse. «I Drakka hanno un potere inimmaginabile. La nostra è una causa persa, e preferirei vivere sotto il loro dominio piuttosto che morire. Fai la tua scelta, adesso.»

«O cosa?» chiese Kai.

«O ucciderò Ryn. Il suo sangue ricadrà sulle tue mani.»

«Se lo uccidi, non andrai lontano prima che Hikari ti incenerisca con le sue fiamme.»

«Correrò il rischio» disse Shuji, premendo la spada e incidendo il collo di Ryn. Un rivolo di sangue gli colò lungo la pelle.

La mano di Kai tremava sull'elsa della spada, la sua mente che vagava frenetica alla ricerca di una via d'uscita dall'impossibile decisione che le si parava davanti. La tensione tra gli altri Lacerati era quasi palpabile.

«La tua vita non varrà la pena di essere vissuta sotto i Drakka» disse Kai. «Loro consumano tutto. Lo sai. Potrebbero lasciarti vivere per un po', ma alla fine consumeranno anche te.»

«Non ho scelta. Hanno la mia famiglia.»

«Ti aiuteremo a liberarli» disse Ryn.

Per un istante, Kai pensò che Shuji si sarebbe lasciato convincere, ma le sue speranze furono infrante quando lui scosse la testa.

«Le tue parole sembrano di seta, ma non sono che ragnatele al vento. Adesso, scegli.»

Hikari fiutò l'aria, girando la testa verso il tunnel. *Stanno arrivando.*

«Il tempo stringe» la schernì Shuji.

Kai fece un passo verso il traditore, e lui premette la lama più a fondo nel collo di Ryn, costringendola a fermarsi. «Lascialo andare» lo supplicò.

«Dammi il tuo drago e lo farò.»

«Non accadrà mai.»

«Allora morirete tutti qui e i Drakka se la prenderanno comunque.»

Come se le sue parole li avessero evocati, i Drakka cominciarono a riversarsi nella sala dal tunnel. Gli occhi di Kai si spalancarono per la paura, ma questa fu presto scacciata dalla rabbia. Scintillò dentro di lei, gonfiandosi fino a diventare un inferno ruggente. Con un grido di sfida, attinse al legame, traendo potere da una sorgente nascosta. Questo sgorgò come un maremoto, un torrente di energia che le riempì le vene, incendiando ogni fibra del suo essere.

La sua spada reagì al potere; il suo filo affamato del sangue dei Drakka. Si accese di un bagliore etereo e Kai conficcò la lama nel terreno. L'aria stessa parve urlare, carica dell'energia primordiale che si riversava da lei. Era come se le anime degli anziani le prestassero la loro forza, guidando la sua mano. Un'aura di luce nera la avvolse e la sala tremò. I Drakka si fermarono, guardandosi intorno confusi.

«Lascialo andare» ordinò Kai, la sua voce che echeggiava nella caverna.

Lo sguardo di Shuji saettò tra lei e i Drakka. Kai poteva percepire la sua battaglia interiore, combattuto tra la lealtà verso Ryn e il desiderio di vedere la sua famiglia al sicuro. Alla fine, sollevò la spada dalla gola di Ryn, senza mai staccare gli occhi da Kai. Gli altri Lacerati gli strapparono la spada e lo spinsero verso i Drakka.

Le creature caricarono, la loro confusione sostituita dalla furia. Shuji fu abbattuto senza pietà, e Kai provò una fitta di tristezza per la sua morte. Era caduto vittima dei loro inganni e aveva tradito la sua stessa gente. Quel pensiero alimentò ulteriormente la sua rabbia, e si lanciò all'attacco per affrontare i Drakka, la sua spada che fendeva l'aria. Tranciò la testa dei più vicini, e Hikari si unì a lei, scagliando un fiotto di fiamme tra le file dei Drakka.

Le loro urla echeggiarono nella grotta mentre cadevano, ma i loro compagni non si scomposero. Continuarono ad affluire dal tunnel, in numero infinito. Incoraggiati dalla sua dimostrazione di forza, Ryn e gli altri Lacerati si schierarono al suo fianco, menando fendenti a destra e a manca.

Nonostante la loro valorosa resistenza, Kai sapeva che il potere che le scorreva nelle vene non sarebbe durato per sempre. Scrutò la sala, cercando una via d'uscita, o almeno un modo per guadagnare tempo. E poi lo vide, un passaggio nascosto, semi-celato da una frana.

«Lì» gridò, indicando con la spada. «Andate da quella parte!»

I Lacerati seguirono la sua indicazione, voltandole lentamente le spalle e ritirandosi.

Riesci a spostare quelle rocce? chiese Kai a Hikari.

Non mi allontanerò da te.

Devi. È la nostra unica via di fuga.

La draghessa ringhiò e scatenò un'altra ondata di fiamme, per poi balzare via. Kai affondò la spada in un Drakka e cominciò a indietreggiare al fianco dei Lacerati. Senza Hikari, i Drakka si fecero più vicini, minacciando di accerchiarli. Un boato riempì la sala mentre le pietre venivano spostate, e poi Hikari fu di nuovo al fianco di Kai, spazzando via i Drakka con i suoi artigli.

La via è libera.

«Tutti nel tunnel! Io e Hikari li terremo a bada!»

I Lacerati si staccarono e corsero verso l'uscita. Kai sentiva che il potere a cui aveva attinto stava rapidamente diminuendo. Una volta che gli uomini furono in salvo, Kai esortò la sua draghessa a entrare.

Prima tu disse Hikari.

Ho un piano, e non voglio che tu sia d'intralcio a ciò che sta per accadere.

La preoccupazione di Hikari era evidente nel legame, ma lei cedette e si affrettò nel tunnel. Kai si voltò e scattò verso l'apertura, fermandosi con una scivolata una volta raggiunta la soglia. Si girò di nuovo per affrontare i Drakka e inspirò profondamente, sperando che qualsiasi cosa la stesse guidando non la stesse conducendo fuori strada.

Tese la sua lama nera davanti a sé e chiuse gli occhi, concentrando l'energia rimanente nella pietra d'ossidiana incastonata nel pomolo. I suoni dei Drakka in avvicinamento svanirono e il tempo parve fermarsi. Un calore si irradiò dalla pietra, diventando sempre più intenso a ogni istante che passava. Kai poteva sentire l'energia prepararsi a esplodere, e la sua pelle rabbrividì per l'attesa.

Un lampo di luce accecò Kai, nonostante avesse gli occhi chiusi, e fu scagliata all'indietro mentre la sua ultima energia si sprigionava in un'esplosione violenta. Svanita la luce, rimase ansimante nel tunnel, priva di forze. Dopo qualche istante, si mise a sedere, ma la vista le si annebbiò e si accasciò contro la parete. Quando la nausea passò, guardò nella caverna.

Lingue di fumo si levarono dal pavimento di pietra. I Drakka erano scomparsi, i loro corpi ridotti in cenere. Kai fece un respiro tremante e si rimise in piedi. Sentiva le gambe di gelatina, ma la reggevano. Non aveva idea di come avesse potuto brandire un simile potere, ma li aveva salvati. Il prezzo era stato alto e non sapeva se sarebbe stata in grado di rifarlo. Cercò il pozzo di potere, ma era svanito, non ne rimaneva traccia alcuna.

Kai fu riscossa dalle sue fantasticherie quando sentì dei passi, ma era solo Ryn. La fissò come se fosse una strana creatura in cui si era appena imbattuto, ma le offrì la mano. Lei l'accettò e lui l'aiutò a risalire il tunnel.

Come ho fatto? chiese a Hikari.

Potevo sentire gli anziani del passato che ti guidavano, ma per il resto non lo so. Forse Kokoro avrà la risposta.

Attraversarono il passaggio in silenzio, emergendo infine alla luce del giorno. Kai si sedette per terra e notò che i Sundered la stavano fissando.

«Che c'è?»

«Tu sei la Prescelta del Sangue,» disse Ryn. Come un sol uomo, si calarono tutti in ginocchio e si inchinarono a lei.

«Cosa state facendo? Alzatevi.»

«Ti stiamo giurando fedeltà, Kai. Tu sei colei di cui parlano le pergamene e ti seguiremo contro i Drakka.»

8

Nonostante le proteste di Kai, i Lacerati insistettero per seguire lei e Hikari fino a Tatenagawa. Condivisero un pasto per recuperare le forze e, dopo un breve riposo, Kai si alzò e si avvicinò alla dragonessa, passandole una mano sulle scaglie.

«Non dovremmo restare qui a lungo» disse Ryn, avvicinandosi a Kai. «I Drakka si stanno riorganizzando. Tu e la tua dragonessa dovreste andare. Vi raggiungeremo al tempio».

«A piedi? Se i Drakka vi prendono...»

«Non lo faranno» promise Ryn. «Conosciamo questa terra meglio di quanto quelle creature potranno mai fare». Le mise una mano sulla spalla, con una stretta salda ma non scortese. «Quello che hai fatto laggiù... non ho mai visto niente di simile. So che ribalterai le sorti di questa guerra».

Kai dubitava che fosse vero, ma non lo disse. Se quell'uomo ci credeva, chi era lei per dirgli il contrario?

«Allora ci vediamo a Tatenagawa» disse.

Hikari si accovacciò e Kai le salì in groppa. Fece un cenno del capo a Ryn, che chinò la testa in segno di rispetto.

Sono pronta, disse a Hikari.

La dragonessa spiegò le ali e decollò, innalzandosi nel cielo. Kai osservò i Lacerati rimpicciolire, poi volse lo sguardo in avanti. Era una sensazione strana essere vista dagli altri come una sorta di salvatrice. Non aveva mai cercato attenzioni o fama, né le voleva adesso, ma se Kokoro aveva ragione, allora Kai *era* davvero la prescelta della profezia...

Il vento sferzava i capelli di Kai, e lei rivolse i suoi pensieri ai genitori. Le mancavano moltissimo. Come si sentivano sapendo che l'altra loro figlia si era schierata con i Drakka? Erano sconvolti? Si incolpavano per la strada che la vita di lei aveva preso?

Kai rivide sua sorella nella mente, cosa che non fu difficile. Erano gemelle, e i loro lineamenti erano così simili che, quando Kai l'aveva vista, aveva pensato di trovarsi di fronte a un'apparizione.

Mentre il tetto spiovente del tempio appariva all'orizzonte, vide del fumo levarsi in aria.

Lo vedi? chiese Kai.

Sì.

Hikari accelerò, fendendo l'aria così rapidamente che Kai sentì allentarsi la presa sulle scaglie della dragonessa. Quando atterrarono, i terreni del tempio erano invasi. Hikari si posò nel cortile, Kai le saltò giù dalla groppa e sguainò la spada.

Una dozzina di Drakka stavano cercando di sfondare le porte del tempio, ma Hikari li eliminò con una fiammata. Kai scansò con un calcio i loro resti carbonizzati e bussò con forza alla porta.

«Kokoro! Sta bene?»

Seguì solo il silenzio, e il cuore di Kai accelerò al pensiero del peggio. Le porte si spalancarono e Kokoro uscì per incontrarla.

«È arrivata giusto in tempo» disse l'anziano. «Con il Suo aiuto, potremo scacciarli».

«Hanno mai attaccato il tempio prima?»

«Mai. Sono diventati davvero audaci se pensano di poter invadere queste terre sacre».

«Dov'è Liu?» chiese Kai.

«Qui» rispose lui, uscendo dal tempio. Indossava l'armatura e teneva la spada nella mano destra.

«Non ha voluto lasciarmi solo» disse Kokoro. «Come se avessi bisogno di un protettore. Venite, facciamo pentire questi Drakka di aver messo piede qui».

I tre si disposero di fronte a Hikari. Kai si mise alla sinistra di Kokoro, e Liu alla destra dell'anziano. Un gruppo di Drakka sbucò dal fianco del tempio e, urlando grida di battaglia, si precipitò verso di loro.

Kai e Liu caricarono per affrontarli, mentre Kokoro rimase vicino a Hikari. I Drakka erano più numerosi, ma loro avevano il vantaggio delle fiamme di Hikari. Liu e Kai li affrontarono frontalmente, le loro spade che cozzavano contro le armi dei Drakka.

Kai si abbassò per schivare un fendente, poi affondò la lama nera nel ventre della creatura. Il Drakka emise un ruggito prima di accasciarsi al suolo. Lei estrasse la spada e lo finì, per poi rivolgersi all'attaccante successivo. Cercò di parare un colpo, ma non poteva competere con la forza bruta della creatura, e barcollò all'indietro per l'impatto.

Liu le venne in aiuto, la sua lama che recideva entrambe le braccia del Drakka all'altezza del gomito. Sangue scuro schizzò sui ciottoli, e Liu roteò la spada in un arco, decapitandolo. Il suo corpo crollò a terra.

«Grazie» disse Kai senza fiato. Liu annuì in risposta, affrontando un altro dei Drakka.

I due continuarono a falciare le fila dei Drakka, ma Kai sentiva le proprie forze svanire. Era stata una giornata lunga e la stanchezza si stava facendo sentire. Si prese un momento per guardare Kokoro.

«Usi il cuore» la esortò l'anziano.

«Cosa intende dire?»

Le parole di Kokoro furono soffocate dallo scontro dell'acciaio, e Kai riportò la sua attenzione sui Drakka giusto in tempo per vedere una mano artigliata. La colpì alla testa, e l'attimo dopo si ritrovò a terra a fissare il cielo.

Gemette mettendosi a sedere e si costrinse a rimettersi in piedi. Liu era circondato, e Kai imprecò a bassa voce. Raccolse la spada da terra e si lanciò in avanti, conficcandola nella schiena del Drakka più vicino. Estratta la lama, affondò la punta nel collo di un altro.

Giù, avvertì Hikari.

Guardò la dragonessa e vide la sua gola brillare di una luce arancione.

«Giù!» gridò, gettando a terra Liu. Un calore intenso la investì mentre Hikari inceneriva i Drakka. Kai rotolò su se stessa, temendo che i suoi vestiti avessero preso fuoco, ma era illesa. La precisione di Hikari era miracolosa.

Impressionante.

Grazie, rispose Hikari, il suo orgoglio che pervadeva il loro legame.

Kai aiutò Liu a rialzarsi, poi si spazzolò la cenere dai vestiti.

«Era una piccola forza» disse Kokoro. «Temo che ne arriveranno altri. Mi è evidente che è Sua sorella a dirigerli».

Liu rinfoderò la lama. «Che vengano pure. Li massacreremo tutti».

«Non parlare a sproposito» lo rimproverò Kokoro. «Siamo in inferiorità numerica, e non ci sono alleati nelle vicinanze».

«Mentre io e Hikari eravamo via, abbiamo incontrato un gruppo di Lacerati. Hanno giurato di aiutarci contro i Drakka. Stanno venendo qui».

«Quanti sono?»

«Solo un manipolo, ma sono guerrieri abili».

«Non è abbastanza» disse Kokoro.

«Lei può trasformarsi nel Suo vero sé. Sono sicura che i Drakka si rannicchierebbero e fuggirebbero alla Sua vista».

Kokoro sorrise tristemente. «Suppongo di sì, ma non è possibile. Il mio spirito si affievolisce, e con esso il mio potere. Spero di completare il Suo addestramento prima che...»

Kai si accigliò. «Prima che cosa? Intende dire che sta morendo?»

«Sì, sto morendo. Ho vissuto più a lungo di chiunque della mia stirpe prima di me, e sono stanco.»

«Ma abbiamo bisogno di Lei,» disse Kai. «Non possiamo sconfiggere i Drakka senza di Lei.»

«Ve la caverete anche senza di me. Ho percepito un grande potere mentre eri via. Eri tu, non è vero?»

Kai annuì.

«Raccontami cosa è successo.»

9

Il sole al tramonto proiettava lunghe ombre sul cortile mentre Kai raccontava gli eventi della sua missione al vulcano. Kokoro ascoltava con attenzione e, quando Kai terminò, la sua espressione era grave.

«Ha mostrato grande coraggio entrando nel nido dei Drakka, ma la Sua prova più grande La attende.»

«Cosa intende dire?» chiese Kai.

«Sconfiggere i Drakka è una cosa, ma affrontare la propria gente è un'altra. Può abbattere la Sua stessa carne e il Suo stesso sangue? Sua sorella?»

La domanda lasciò Kai senza parole. Fissò l'anziana in silenzio, la sua mente che vorticava tra uno scenario e l'altro.

«Non posso rispondere. Non ora, almeno. È una cosa che non avevo considerato. Speravo...»

«Che avrebbe potuto salvarla in qualche modo?» Kokoro sorrise tristemente. «È un pensiero piacevole, ma non vedo alcuna speranza in tal senso. Alla fine, si tratterà di Lei o di sua sorella. Solo una potrà prevalere.»

«Non può essere così semplice» ribatté Kai. «So di non conoscerla, ma sento che non è giusto.»

«Non è semplice» replicò Kokoro. «Ma è necessario. Dovrebbe prepararsi a ciò che dev'essere fatto. Ma basta con questo argomento. C'è un'altra questione di cui dobbiamo discutere.»

Kai fu grata per il cambio di argomento. Il pensiero di combattere sua sorella, per non parlare di ucciderla, era difficile da immaginare. Eppure, sapeva che la posta in gioco era molto più grande di qualsiasi lealtà fraterna. Il destino dell'impero era in bilico.

«C'è un altro oggetto che La aiuterà a sconfiggere i Drakka. È stato a lungo celato agli occhi degli uomini.»

«Di cosa si tratta?» chiese Kai.

«Speravo di non dover mai parlare di questa reliquia, né tantomeno vederla usare di nuovo. Ma a mali estremi, estremi rimedi.»

Mentre Kokoro spiegava la natura dell'oggetto, Kai ascoltava con un misto di paura e stupore. Un mantello fatto con la pelle di un drago antico? La capacità di muoversi tra ciò che era visibile e invisibile? Sembrava incredibile, eppure Kokoro le aveva parlato anche del Cuore di Fiamma, e quello era reale.

«Il reame delle ombre» ripeté Kai, mormorando le parole.

«È un luogo dove luce e oscurità coesistono, e il tempo scorre in modo diverso. È un reame di grande potere e di ancor più grande pericolo. Il mantello permette a chi lo indossa di attraversare i confini tra il nostro mondo e il reame delle ombre, conferendo abilità al di là della vista dei mortali.»

Kai si passò le dita lungo la gamba. Trovò una cucitura e la seguì con le unghie. «Se questo artefatto è così potente, perché è stato nascosto? Perché non è stato usato prima?»

«Il potere ha sempre un prezzo. Il mantello è tanto un fardello quanto una benedizione. Ha condotto molti alla follia, consumandoli con il fascino delle sue abilità.»

L'inquietudine di Kai le fece incrinare la voce quando chiese: «E Lei pensa che io possa brandirlo senza soccombere alla sua influenza?»

«Il Suo cuore è puro e le Sue intenzioni nobili... ma non si illuda, usarlo La metterà alla prova in modi che non può ancora immaginare. Con la forza del Suo drago a sostenerla, sono certa che non si lascerà influenzare.»

«Farò ciò che è necessario.»

«Molto bene» disse Kokoro. «Riposi finché può. Dovrà partire domattina.»

L'anziana si congedò, tornando al tempio. Kai era stanca, ma aveva troppi pensieri per la testa. Trovò un secchio di bambù e cominciò a pulire i resti dei Drakka dal cortile. Considerando che erano cumuli di cenere, non le ci volle molto per ripulire il terreno dalle creature. Sciacquò il secchio nel fiume, poi lo riempì d'acqua e strofinò le pietre del selciato a mano. Mentre lavorava, Kai sentiva lo sguardo di Liu su di sé.

«Sei cresciuta molto in poco tempo» disse lui.

«Non mi sembra.»

«Questo perché sei concentrata su dove stai andando, e non su dove sei o dove sei stata. Quando pensi solo al futuro, perdi di vista il passato.»

Kai dovette ammettere che c'era del vero nelle sue parole, ma non disse nulla.

«Sei diventata più forte, più saggia e più determinata.» Fece una pausa. «Ma c'è una cosa che non ho visto cambiare in te. La tua compassione. È ciò che ti rende diversa dagli altri cavalieri.»

«Non è mia intenzione essere diversa» disse Kai, interrompendo per un momento lo strofinio e alzando lo sguardo verso di lui.

«Certo che no. Non era quello che intendevo. Voglio solo dire che non vedi il mondo come gli altri. Non è una cosa negativa.»

Kai accennò un sorriso, poi continuò il suo lavoro. «Pensi che Kokoro abbia ragione su di me? Che io possa usare il mantello?»

«Questo resta da vedere, ma io credo in te.»

Le guance di Kai si imporporarono. Quando lo aveva incontrato per la prima volta, aveva pensato che non fosse altro che un rude soldato assegnatole come guardia. Più lo conosceva, più si rendeva conto che in lui c'era molto di più di una spada e un'armatura. Era suo amico.

«Grazie» disse a bassa voce.

«Per cosa?»

«Per tutto.»

«Non ho fatto molto, a parte insegnarti a brandire una lama» disse lui, ridacchiando. «Ma prego.»

Una volta che Kai ritenne il cortile sufficientemente pulito, tornò al fiume e si lavò via il sudore e la sporcizia. L'acqua fresca le lenì i muscoli indolenziti e si sentì in qualche modo rinvigorita. Hikari era sdraiata sull'erba lì vicino, e Kai si sentì abbastanza a suo agio da togliersi i vestiti per lavarli. Quando li stese sulla riva ad asciugare, il sole era tramontato. Hikari usò il suo alito per riscaldarli e, dopo pochi istanti, l'umidità era svanita.

Kai si asciugò come meglio poté, poi si rivestì e si sdraiò sull'erba accanto a Hikari, osservando le stelle che una a una si accendevano nel cielo. Chiuse gli occhi, sentendo il peso della giornata sulla mente e sul corpo.

Mentre dormiva, sognò di combattere i Drakka, di dominare il potere del mantello e di affrontare sua sorella. Quando si svegliò, il sole stava cominciando a sorgere. Kai si mise a sedere, sorpresa di aver dormito così a lungo.

«Ah» gemette, massaggiandosi i muscoli indolenziti del collo. «Perché mi hai lasciato dormire qui fuori?»

Non volevo disturbare il tuo riposo, rispose Hikari. *È stato anche piacevole avere un po' di compagnia, anche se non eri lucida.*

Kai si mise in piedi e si stiracchiò, poi si stropicciò gli occhi per scacciare il sonno. Il suo stomaco brontolò e si rese conto di non aver mangiato nulla prima di addormentarsi. Si diresse verso il tempio e trovò Liu in piedi nel cortile che mangiava gallette di riso. Lui gliene offrì alcune e lei ne divorò avidamente diverse.

«Non sei affamata, vero?» Un sorriso gli increspò le labbra.

«Non ho mai avuto così fame in vita mia,» disse Kai, prendendo un'altra galletta di riso dal suo piatto e addentandola. «Credo di non essermi mossa per tutta la notte.»

«L'uso della magia fa quest'effetto,» disse Kokoro, unendosi a loro. «Deve fare attenzione a non spingersi troppo oltre.»

Kai finì di masticare e si pulì la bocca con il dorso della mano. «Dove si trova questo mantello che devo trovare?»

Kokoro indicò il nord. «Oltre i Monti Shinraha, a Shaoing, si trova una cripta. Dei guardiani spettrali la proteggono e vi sfideranno.»

«Che genere di sfide mi porranno?»

«Prove di volontà, saggezza e coraggio. Dovrà superarle tutte per ottenere il mantello. Liu, voglio che Lei vada con lei. Hikari dovrebbe essere in grado di portarvi entrambi, e Kai avrà bisogno del Suo aiuto.»

Liu chinò il capo in segno di rispetto.

«Vi ho preparato alcune provviste per il viaggio. Ci vorranno almeno due giorni, perché Hikari non potrà volare per tutto il tragitto senza riposare. Siate prudenti. Un tempo Shaoing era protetta da mio fratello, ma è scomparso da molti anni e sono certa che i Drakka si siano impossessati del suo tempio.»

«Faremo attenzione,» disse Liu, prendendo la sacca con le provviste da Kokoro. «E torneremo il più in fretta possibile.»

Kai era grata per la sua sicurezza. L'unica cosa che le frullava in testa era una domanda.

Sono davvero pronta per questo?

10

Il sole gettava una luce dorata sulle cime frastagliate dei Monti Shinraha. Le loro vette innevate scintillavano e un vento gelido mordeva la pelle di Kai. Teneva gli occhi fissi sull'orizzonte, con la monotonia del paesaggio sottostante interrotta dall'occasionale avvistamento di selvaggina.

Liu era seduto dietro di lei, con le mani appoggiate sui suoi fianchi. In circostanze normali, la cosa l'avrebbe messa a disagio, ma sapeva che lui si stava semplicemente aggrappando a lei per non essere spazzato via dal vento. Non c'era altro in quel suo vago abbraccio, e lei apprezzava il calore che lui emanava.

Volavano da qualche ora e Kai percepiva la stanchezza nel battito d'ali di Hikari. Diede dei colpetti confortanti sul collo del drago.

Dovresti riposare, le disse.

Hikari sbuffò in risposta, emettendo volute di fumo nell'aria che si dissiparono rapidamente.

Atterra alla prossima radura, insistette Kai.

Pochi istanti dopo, Hikari scese alla base delle montagne. Atterrarono con un tonfo sordo e Kai scivolò giù dalla spalla del drago, con le gambe indolenzite dalle ore di cavalcata. Il vento ululava tra le cime, un suono quasi simile a voci lontane.

«Accendo un fuoco,» si offrì Liu.

Mentre lui si dava da fare a raccogliere legna, Kai si strinse le braccia al corpo. L'aria era fredda e rarefatta e le penetrava nelle ossa persino attraverso i vestiti. Sperò che a Hikari non servisse molto tempo per riposare. Odiava il freddo.

Liu ammucchiò alcuni ramoscelli e sguainò la spada, facendo scorrere rapidamente una pietra sul filo della lama. Scoccarono alcune scintille, ma non furono sufficienti per accendere la legna.

«Attento,» disse Kai.

Liu alzò lo sguardo giusto in tempo per vedere Hikari sbuffare, emettendo una piccola palla di fuoco che colpì il mucchio e incendiò la legna. Rinfoderò la spada e si sedette, tendendo le mani verso il fuoco. Kai gli si sedette di fronte e si rannicchiò più vicino alle fiamme che osò. Hikari si raggomitolò dietro di lei e si addormentò quasi subito.

Kai osservava le fiamme danzare, persa nei suoi pensieri. Pensò di nuovo a sua sorella e si chiese come sarebbe stata la vita se le cose fossero andate diversamente. Avrebbero condiviso ugualmente il legame con lo stesso drago? O una delle due sarebbe svanita dal legame a beneficio dell'altra?

Forse non sarebbe stata lei a sedere qui, sulle fredde montagne, in missione per trovare un'antica cripta, ma Akuhara. Kai alzò lo sguardo dal fuoco e vide che Liu la stava fissando.

Lui ruppe il silenzio, la sua voce morbida ma velata di curiosità. «Stai bene? Sembri turbata.»

«Sto solo pensando.»

«Stai pensando a *lei*, vero? A tua sorella?»

«Sì. È sbagliato abbandonare ogni speranza di salvarla, ma hai sentito Kokoro. Crede che per lei non ci sia salvezza.»

«Le cose non vanno sempre come vorremmo,» disse Liu. «So che non ti è d'aiuto né di conforto, ma la vita è dura. Dobbiamo superare queste difficoltà al meglio delle nostre capacità, senza perdere la nostra umanità.»

Hikari si mosse nel sonno e Kai le lanciò un'occhiata.

«Credi che i draghi provino le cose come noi?»

La fronte di Liu si corrugò mentre considerava la domanda. «Credo che sentano tutto più profondamente di quanto pensiamo. Ma non si soffermano sul passato come facciamo noi. Vivono nel presente, nel cuore del momento. Forse è qualcosa che possiamo imparare da loro.»

Kai rifletté sulle sue parole. Forse aveva ragione. Non poteva controllare gli eventi del passato, ma poteva influenzare quelli del presente. Il vento ululò di nuovo, questa volta più forte, e lo sguardo di Kai si posò su un crinale roccioso. Il suono era diverso: meno simile al vento e più a qualcosa di vivo.

Anche Liu se ne accorse. La sua mano corse all'elsa della spada. «Hai sentito?»

Kai si alzò in piedi, i muscoli tesi mentre scrutava oltre la mole di Hikari. Le si mozzò il respiro quando le vide: forme imponenti, le loro sagome inconfondibili. Stavano scendendo dalle montagne.

«Drakka,» sibilò Kai. «Spegni il fuoco!»

Liu l'aveva già anticipata, spalando la terra con le mani e gettandola sulle fiamme.

«Quanti sono?» domandò.

«Troppi.»

«Ci hanno visti?»

Kai esitò. «Non credo.»

Attesero in silenzio e guardarono i Drakka passare oltre il punto in cui si trovavano. Le creature si muovevano in una fila lenta e metodica, un comportamento molto diverso dal solito. Kai ne contò almeno venti, i cui corpi fremevano di una forza innaturale.

Quando l'ultimo di loro scomparve dalla vista, Kai tirò un sospiro di sollievo. «Siamo stati fortunati. Se ci avessero visto...»

Hikari sollevò la testa, annusando l'aria. *Sento odore di Drakka qui vicino.*

Sono già passati di qui, rispose Kai.

«Hai notato in che direzione sono diretti?» chiese Liu.

Kai seguì il sentiero percorso dai Drakka e si rese conto che stavano viaggiando verso sud-ovest. «Pensi che stiano andando a Tatenagawa?»

Lui si strinse nelle spalle. «È impossibile saperlo, ma Kokoro sa badare a se stessa. Dobbiamo continuare a muoverci. Se dovessero trovare le nostre tracce, non saremmo nella posizione migliore per difenderci.» Liu guardò Hikari. «Sei abbastanza riposata per continuare?»

Hikari allungò le ali e sbadigliò. Kai percepì che la stanchezza del drago era diminuita, ma la sua forza non era del tutto recuperata.

Posso farcela, disse Hikari, proiettando i suoi pensieri affinché entrambi potessero sentirli.

Sei sicura? chiese Kai.

Sì.

Il sole era a metà del cielo, ma nonostante fosse mezzogiorno, la temperatura sembrava diventare sempre più fredda. Kai voleva dare a Hikari più tempo per riposare, ma voleva anche andarsene da quel posto.

Allora, mettiamoci in marcia. Ci fermeremo di nuovo al calar della sera, a meno che tu non ce la faccia ad arrivare fin là. Non c'è bisogno di spingerti oltre i tuoi limiti.

Hikari brontolò in segno di assenso, e Kai e Liu le salirono in groppa. Il vento si levò non appena presero il volo, ma Kai ignorò il freddo pungente. Si librarono sopra le cime innevate e l'aria divenne così gelida che Kai poteva vedere il proprio respiro condensarsi in piccole nuvolette.

Volarono finché non ebbero superato il grosso delle montagne. L'aria si fece via via più mite e Kai indicò un boschetto.

Ci accamperemo là per la notte, disse Kai. *Ci offrirà riparo e dovremmo riuscire a tenere acceso un fuoco senza preoccuparci di occhi indiscreti.*

Hikari li portò a terra, atterrando appena fuori dal limitare degli alberi. Liu e Kai si misero al lavoro per allestire l'accampamento mentre Hikari andava a caccia di cibo. Presto ebbero un fuoco scoppiettante e condivisero un pasto a base di frutta fresca e pesce, presi dalle provviste che Kokoro aveva dato loro.

Il vento si placò mentre la notte avvolgeva la terra, e le stelle brillavano sopra le chiome degli alberi. Kai aveva la pancia piena e si rilassò accanto al fuoco, con gli occhi pesanti. Era sorpresa di quanto fosse stancante non fare quasi nulla.

«Faccio io il primo turno di guardia mentre dormi un po'», le offrì Liu.

Kai poggiò la testa sulle braccia e chiuse gli occhi, scivolando nel sonno. Ancora una volta, fu tormentata da strani sogni.

11

Kai si svegliò al cinguettio degli uccelli. Sbatté le palpebre più volte, confusa su dove si trovasse. Lentamente, riprese i sensi e fissò la legna carbonizzata e la cenere, tutto ciò che restava del fuoco della notte precedente.

Si mise a sedere e si guardò intorno, stropicciandosi gli occhi. Liu dormiva, ma Hikari era sveglia e vegliava attentamente su di loro.

Hai trovato del cibo? chiese Kai.

Ho trovato qualche cervo, rispose il drago. *E ho dormito mentre Liu faceva la guardia. Stava per svegliarti, ma non riuscivo più a dormire, così gli ho dato il cambio.*

Grazie. Ne avevo bisogno.

Kai si alzò in piedi e si stiracchiò. Aveva dormito più a lungo del previsto e si sentiva completamente rinvigorita.

Ho esplorato i dintorni ieri notte. Non siamo lontani da Shaoing.

Quanto manca ancora?

Qualche ora, rispose Hikari.

Kai frugò nella borsa del cibo che Kokoro aveva dato loro e scelse una tortina di riso avvolta in un'alga. Mangiò in silenzio, godendosi le immagini e i suoni del bosco intorno a lei. Allontanatasi dall'accampamento, si liberò tra alcuni cespugli e trovò un piccolo ruscello dove si schizzò dell'acqua gelida sul viso. Bevve a sazietà e tornò all'accampamento, scuotendo dolcemente Liu finché i suoi occhi non si spalancarono di scatto.

«È ora di muoversi,» disse. «Hikari dice che oggi raggiungeremo Shaoing.»

Liu grugnì e si alzò, stropicciandosi gli occhi assonnati. Mangiò una tortina di riso e bevve dal ruscello, poi raccolse i loro miseri averi. Partirono poco dopo, fendendo l'aria del mattino in groppa a Hikari.

Qualche ora più tardi, proprio come aveva detto Hikari, Shaoing apparve alla vista. Una struttura monolitica di pietra erosa si ergeva verso il cielo, con le mura fatiscenti segnate da profonde crepe e ricoperte di rampicanti contorti.

Hikari atterrò di fronte al tempio, un basso brontolio che le rimbombava nel petto. *Questo posto non è naturale. È stato plasmato da qualcosa di antico... potente.*

Kai smontò e scivolò a terra, con gli stivali che affondavano nella terra umida. Poteva debolmente percepire ciò di cui parlava Hikari. C'era qualcosa nell'aria, una specie di mormorio, ma quando cercava di concentrarsi sulla sua provenienza, questo cambiava direzione.

Senti la presenza di qualche Drakka? chiese Kai.

Hikari annusò l'aria e sbuffò, dilatando le narici. *Sento solo il fetore della decadenza.*

Enormi pietre erano crollate sopra l'ingresso del tempio, lasciando un'apertura troppo piccola per il drago. Per quanto non le piacesse l'idea di lasciare indietro Hikari, il drago avrebbe dovuto attenderli fuori.

«Io e Liu entreremo,» disse ad alta voce. «Se succede qualcosa, ti farò sapere.»

Hikari fece un passo avanti e tentò di sollevare le pietre per spostarle, ma erano troppo pesanti persino per lei. Borbottò e si ritirò, ammettendo la sconfitta.

Torneremo, promise Kai.

Insieme, lei e Liu strisciarono a quattro zampe attraverso l'apertura ed entrarono nell'oscurità del tempio. Una volta superati i massi e oltrepassata la soglia dell'ingresso, poterono rimettersi in piedi. Gli occhi di Kai faticavano ad abituarsi alla penombra. Un lichene pallido e fosforescente si aggrappava alle pareti, gettando un bagliore che faceva ben poco per dissipare l'oscurità.

«Stammi vicino,» disse Liu, mettendosi di fronte a lei. «Non sappiamo che tipo di trappole possano annidarsi in queste sale.»

Avanzarono lentamente e lo stretto corridoio in cui si trovavano si aprì in una grande anticamera. Le pareti erano spoglie e il pavimento di pietra era cosparso di terra e piccole rocce.

«Questo posto sembra abbandonato da molto tempo,» sussurrò Kai, con lo sguardo che saettava per la stanza in cerca di un qualsiasi segno dei guardiani di cui Kokoro l'aveva avvertita.

Come evocata dai suoi pensieri, un'ombra si staccò dalla parete. Era alta, avvolta in vesti scure che si confondevano con le pietre. La figura si muoveva con una grazia innaturale, il volto nascosto sotto un cappuccio. La mano di Kai si strinse sull'elsa della spada, ma quella non accennò ad attaccare. Si fermò a diversi passi di distanza e tirò indietro il cappuccio, rivelando un volto scheletrico segnato da rune. Dove avrebbero dovuto esserci gli occhi, c'erano globi dorati che ardevano di fuoco.

«Perché siete giunti qui?»

La sua voce fece correre un brivido lungo la schiena di Kai. Lanciò un'occhiata a Liu, che teneva lo sguardo fisso sulla figura, la spada parzialmente sguainata. Mettendo da parte la paura, Kai disse: «Cerco il mantello.»

«Dovete dimostrarvi degna,» rispose il guardiano.

«Come posso farlo?»

«Affrontate le prove. Se sarete degna, vi sarà dato il mantello. Se fallirete, morirete.»

L'ultima parola del guardiano riecheggiò minacciosamente tra le pareti. Kokoro aveva detto che sarebbe stato pericoloso, è vero, ma non aveva menzionato la possibilità di morire. Kai deglutì a fatica.

«Non devi farlo per forza,» disse Liu.

«Lo so,» rispose lei.Anche se sapeva che le sue parole erano vere, si sentiva come se non avesse scelta. Kokoro non l'aveva ancora sviata, ma la minaccia della morte la fece esitare. Kai pensò ai suoi genitori, alle persone innocenti in tutto l'impero che soffrivano a causa dei Drakka. Se poteva salvare anche una sola vita rischiando la propria, ne valeva la pena? Pensò di sì.

«Accetto,» disse.

I globi del guardiano brillarono più intensamente. «E sia. Ascoltate i miei enigmi e rispondete correttamente per proseguire. Non sono vivo, ma cresco; non ho polmoni, ma ho bisogno d'aria; non ho bocca, ma l'acqua mi soffoca. Cosa sono?»

Kai ripeté le parole nella sua mente. *Non vivo... cresce... ha bisogno d'aria... l'acqua lo soffoca.* I suoi occhi si spalancarono per la rivelazione. «La risposta è il fuoco.»

«Corretto,» disse il guardiano, con un accenno di approvazione nei suoi lineamenti eterei. «Sono invisibile, ma trasporto le nuvole; sono senza peso, ma posso spostare l'albero più robusto; non ho voce, ma creo sussurri e ululati. Cosa sono?»

«Il vento,» rispose Kai, sollevata che l'enigma fosse facile. Si chiese a quanti di questi avrebbe dovuto rispondere.

«Corretto. Non sono viva, ma cullo la vita; sono paziente e modello le montagne con il tempo; non indosso abiti, ma i fiori mi adornano. Cosa sono?»

«Qualche idea?» chiese Kai a Liu.

«No!» sibilò il guardiano. «Soltanto voi potete rispondere.»

Kai rifletté sull'enigma per un momento, incerta su cosa potesse non essere vivo ma in grado di modellare le montagne. La sua prima ipotesi fu il vento, ma quella era la risposta alla domanda precedente, e i fiori non adornano il vento. Aprì la bocca, poi la richiuse, dubitando di sé stessa. Alla fine, si decise per una risposta. «La terra?»

«Corretto.» Il volto scheletrico del guardiano si fece serio. «Ecco il Suo ultimo indovinello. Non ho forma, ma posso riempire ogni sagoma; sono silenziosa, ma posso anche ruggire; sono gentile, ma posso scolpire la pietra. Cosa sono?»

La mente di Kai era vuota. Guardò di nuovo Liu, con il panico evidente sul volto. Lui non poteva darle la risposta, ma forse avrebbe potuto fornirle un indizio.

«Le altre domande sono tutte collegate» disse Liu. «Cosa le collega?»

Il guardiano non obiettò, così Kai dedusse che l'aiuto di Liu fosse consentito. Ripensò alle altre risposte. Fuoco, vento, terra... erano tutti elementi.

«Acqua» rispose lei.

«Corretto. Ha dimostrato il Suo ingegno. Può procedere alla prossima stanza.»

La figura del guardiano tremolò per un istante e poi si dissipò in un lampo di luce, spargendo granelli di polvere.

«Grazie» disse Kai. «Per poco non finiva in un disastro.»

12

Una volta usciti dalla stanza, si ritrovarono in un corridoio. Kai si aspettava che un'altra apparizione li affrontasse. Invece, il corridoio era vuoto. Strani simboli erano incisi sulle pareti, pulsanti di una luce spettrale. Kai allungò la mano, le dita sospese a pochi centimetri da un'incisione particolarmente intricata. Assomigliava all'occhio di un drago e, mentre lo osservava, la pupilla si dilatò, mettendola a fuoco. Ritrasse di scatto la mano.

«Hai visto?» chiese lei.

«Vedere cosa?»

Fissò il simbolo per un istante, in attesa, ma non accadde nulla. «Lascia perdere. Forse ho le traveggole.»

Proseguirono, facendosi strada lungo il passaggio tortuoso. I simboli parevano indicare la via, brillando più intensamente quando si avvicinavano a un incrocio e affievolendosi dopo averlo superato. Kai era persa nei suoi pensieri e Liu la spaventò quando si fermò di colpo e l'afferrò per un braccio.

«Guarda.»

Davanti a loro, il corridoio si apriva in una vasta sala, più grande della precedente, con il pavimento ricoperto di lastre di pietra. Alcune portavano gli stessi simboli luminosi delle pareti, mentre altre rimanevano spente.

«Sembra troppo facile» disse Liu. «Penso sia una trappola.»

Kai fece un cauto passo avanti, posando il piede su una lastra che recava il familiare simbolo dell'occhio di drago. Essa brillò più intensamente sotto il suo peso, ma non accadde nient'altro.

«Credo che dobbiamo seguire il sentiero dei simboli. Le lastre spente probabilmente attivano qualcosa.»

Liu annuì. «Ha senso. Vuoi che vada prima io?»

«No, vado io.»

Kai fece un altro passo cauto, il corpo teso, pronta a reagire al minimo segno di pericolo. A ogni passo riuscito, la sua sicurezza aumentava, ma così faceva anche la pressione. Un solo errore poteva fare la differenza tra il raggiungere il mantello e il fallire, deludendo non solo se stessa, ma tutti quanti. I simboli luminosi emanavano calore e la stanza divenne opprimente. Quando fu vicina all'uscita, il sudore le imperlava la fronte.

Saltò dall'ultima lastra alla soglia di un arco che conduceva a un corridoio dal pavimento in terra battuta. Liu seguì il percorso che lei aveva tracciato e, quando la raggiunse, proseguirono fianco a fianco. Dopo pochi passi, le pareti di pietra gemettero e stridettero mentre si contorcevano, scivolando come immensi pezzi di un puzzle per formare un labirinto.

«Ho visto un'altra porta laggiù. Forse possiamo...» le parole di Liu furono interrotte da un tonfo fragoroso, quando una lastra di pietra cadde alle loro spalle, bloccando il passaggio. Non si poteva tornare indietro.

Le pareti del labirinto ronzavano di energia e Kai vi appoggiò una mano per vedere se dovesse usare la magia per governare il dedalo. La pietra era fredda e inflessibile, ma sotto la sua superficie c'era una strana vibrazione. Un impulso leggero e ritmico, quasi come...

Liu la superò e il terreno le tremò sotto i piedi. Kai lo tirò indietro. Le pareti si mossero di nuovo, le pietre che strisciavano l'una contro l'altra mentre formavano un percorso completamente diverso.

Kai si accigliò. «È cambiato.» Le pareti che fino a pochi istanti prima erano state immobili si erano riorganizzate come se fossero vive.

«Dobbiamo muoverci prima che ci chiuda dentro o ci schiacci» disse Liu. Riprese ad avanzare, ma Kai esitò.

Aveva ragione, ma c'era qualcosa nel modo in cui le pareti si muovevano — deliberato, metodico — che non aveva senso. Guardò lungo il corridoio che si era appena aperto davanti a loro, poi di lato, dove si era formato un altro sentiero. Le pietre continuavano a stridere e a spostarsi, ma Kai non stava ascoltando il rumore delle pareti. Era concentrata sullo spazio tra un rumore e l'altro, sulla quiete che precedeva ogni movimento. C'era uno schema. Poteva sentirlo, debole e sfuggente, ma c'era.

«Questo posto non è solo un labirinto» disse lentamente. «Ci sta mettendo alla prova.»

«Cosa vuoi dire?»

«Non si tratta di trovare il percorso giusto. Reagisce a noi, a come ci muoviamo. Non possiamo semplicemente attraversarlo di corsa.»

«Se stiamo qui, siamo morti. Andiamo di qua.» Liu si diresse a sinistra, ma un altro tremore scosse il pavimento e il corridoio si sigillò con un tonfo pesante. La mente di Kai lavorava freneticamente. Le pareti non si muovevano a caso. Stavano cercando di costringerli a prendere decisioni affrettate. Voleva che andassero nel panico. Non sapeva come lo sapesse, semplicemente... lo sapeva.

«Ogni volta che ci muoviamo, cambia. Ma se stiamo fermi...» Kai tenne fermo Liu e indicò il corridoio davanti a loro. Rimase aperto, sebbene le pareti tremassero leggermente. «Aspetta.»

Liu scosse la testa. «E quindi che facciamo? Restiamo qui?»

«Non esattamente» rispose Kai, la voce ora più ferma. «Dobbiamo muoverci quando ce lo permette, non quando vogliamo noi. È come una danza.»

Liu le lanciò un'occhiata incredula. «Una danza con un labirinto di pietra mobile che vuole schiacciarci? Fantastico.»

«Dobbiamo solo ascoltare.»

Kai chiuse gli occhi, concentrandosi sul ritmo sottile sotto i suoi piedi. Era come il battito di un tamburo. Quando arrivò il successivo spostamento, lo sentì nelle ossa.

«Ora» sussurrò, aprendo gli occhi.

Fece un passo avanti e Liu la seguì senza esitazione. Le pareti rimasero immobili per un altro istante, ma mentre camminavano, Kai poteva sentire il basso brontolio della pietra che si spostava dietro di loro. Il cuore le batteva forte, i sensi all'erta. Svoltarono un angolo e il terreno tremò di nuovo, il sentiero alle loro spalle che si chiudeva.

«Continua a camminare» la esortò Liu.

«No. Aspetta.»

Liu si bloccò sul posto. Kai chiuse di nuovo gli occhi, cercando l'impulso. Le pareti si mossero, ma solo leggermente. Il sentiero davanti a loro rimase aperto. Si mosse con cautela, fermandosi a ogni tremore della pietra. Il labirinto si spostava intorno a loro, ma ora erano in sincronia con esso, anticipando ogni cambiamento prima che avvenisse. Il panico che aveva attanagliato Kai pochi istanti prima si placò, sostituito da una crescente sicurezza.

Infine, svoltarono un altro angolo e Kai lo vide: un ampio arco inondato di luce. «È quella» disse. Liu si fece avanti, ma Kai lo trattenne ancora una volta. «Non è ancora finita.»

«L'uscita è proprio lì.»

«Lo so, ma ci sta ancora mettendo alla prova. Vuole che ci affrettiamo.»

La pressione nell'aria sembrava aumentare mentre stavano lì, le pareti che brontolavano con impazienza. Kai mantenne la posizione, aspettando. Poteva sentire l'impulso, più debole ora, ma ancora presente.

«Cammina» disse. «Lentamente.»

Liu si mise al suo passo. Si mossero verso l'arco e le pareti gemettero, ma non si chiusero su di loro. Quando raggiunsero l'uscita, la pressione svanì e la attraversarono. Il labirinto si sigillò alle loro spalle.

Liu la guardò. «Ricordami di non dubitare mai più del tuo istinto.»

13

L'arco si apriva su un vasto e tranquillo giardino. Il soffitto si perdeva nel crepuscolo, punteggiato di stelle flebili, e il suolo era un lussureggiante tappeto d'erba verde.

Kai si guardò intorno, incantata da quella bellezza. Una brezza leggera attraversava gli alberi, portando con sé il profumo di cannella e miele. Sentieri naturali e tortuosi si estendevano in ogni direzione, ciascuno fiancheggiato da fiori di un colore diverso. Statue di figure ammantate si ergevano a intervalli lungo i sentieri, con espressioni calme e imperscrutabili.

«È un posto tranquillo» disse Liu. «Troppo tranquillo.»

Kai annuì, con i muscoli ancora tesi per via del labirinto. «Sembra un altro labirinto, ma in questo non vedo alcuna logica.»

Man mano che si addentravano nel giardino, i sentieri sembravano moltiplicarsi, serpeggiando e incurvandosi finché divenne impossibile capire da che parte fossero arrivati. Non c'era alcuna indicazione chiara su quale sentiero prendere, e ogni svolta sembrava condurre a un'altra serie di biforcazioni.

Kai si inginocchiò accanto a uno dei sentieri e toccò i fiori. Erano veri, soffici e fragranti. Ma quando si rialzò, si rese conto di qualcosa di inquietante: ogni sentiero sembrava più allettante del precedente. Uno era fiancheggiato da radiosi fiori dorati, che brillavano fievolmente sotto il cielo crepuscolare. Un altro era ombreggiato da alberi torreggianti, le cui foglie luccicavano d'argento. In lontananza, sentì una musica flebile, come se qualcuno stesse suonando una melodia ossessivamente familiare appena fuori dalla sua vista.

«La senti?» chiese lei.

Liu inclinò la testa. «Musica. Ma... da dove viene?»

Il cuore di Kai perse un battito quando la melodia si fece più chiara. Non era una musica qualsiasi. Era la canzone che sua madre le canticchiava quando era bambina, una melodia dimenticata da tempo. Deglutì a fatica, sentendosi la gola stringere.

«Dobbiamo stare attenti. Questo posto ci sta giocando dei brutti scherzi.»

Kokoro aveva detto che le prove avrebbero messo alla prova la sua volontà, la sua saggezza e il suo coraggio. Che genere di prova era quella? Ogni sentiero sembrava attrarla a sé, ciascuno più convincente con le sue tentazioni.

«Come facciamo a capire quale sentiero conduce alla prossima sala?» chiese Liu.

Kai scosse la testa. Ripensò alle prove precedenti. Il giardino non stava mettendo alla prova la sua resistenza o la sua forza. Forse stava mettendo alla prova la sua capacità di discernimento, di scegliere saggiamente. Ma come poteva prendere una decisione saggia quando ogni sentiero sembrava quello giusto?

I suoi occhi si posarono su un sentiero fiancheggiato da fiori rossi e luminosi, i cui petali delicati ma vibranti sembravano quasi pulsare di luce. La tentazione era lì, la tirava a sé, esortandola a seguirla. Ma c'era qualcosa che le sembrava... sbagliato.

«Non credo che dovremmo seguire ciò che desideriamo» disse Kai. «Penso che questo giardino sia progettato per portarci fuori strada. Più desideriamo qualcosa, più pericoloso diventa.»

Liu abbassò lo sguardo su un sentiero pieno di foglie argentate, stringendo gli occhi con sospetto. «Quindi dovremmo ignorare tutto ciò che sembra bello?»

Kai non rispose subito. Il suo sguardo vagò sulla miriade di sentieri, sui percorsi tortuosi, sugli odori e sulle viste inebrianti. La musica le toccava il cuore, ma si sforzò di ascoltare oltre. Da qualche parte in quel giardino doveva esserci un sentiero che fosse vero, uno che non riguardasse l'indulgenza o il desiderio.

Una statua attirò la sua attenzione. Si ergeva più alta delle altre, il volto di pietra consumato dal tempo, ma la sua espressione era serena. A differenza delle altre, questa statua non sembrava una figura nobile o un anziano saggio. Era semplice, disadorna, con gli occhi chiusi come in contemplazione.

Kai si avvicinò per porsi di fronte ad essa. La sua base era circondata da semplici fiori bianchi, insignificanti rispetto al resto del giardino. Si accovacciò accanto ad essa, esaminando l'iscrizione scolpita nella pietra:

Il vero sentiero è quello che non chiede nulla.

«Credo che questo sia il sentiero giusto» disse, rialzandosi. Guardò Liu. «Gli altri sentieri cercano di distrarci con ciò che pensiamo di volere, ma quello che dobbiamo seguire è quello che non ci offre assolutamente nulla.»

Liu osservò il sentiero in silenzio. «Questo non ha bagliori, musica o altro. Se quello che dici è vero, allora probabilmente hai ragione.»

Kai sorrise e, senza attendere la sua risposta, imboccò il sentiero fiancheggiato da fiori bianchi. Nel momento in cui il suo piede toccò il percorso, la musica in lontananza cessò e il fascino scintillante degli altri sentieri parve affievolirsi, come se il giardino stesso si stesse ritirando. Liu la seguì, la mano sull'elsa della spada, sebbene non vi fosse alcun senso di pericolo imminente. Il sentiero si snodava e si contorceva, ma più camminavano, più diventava silenzioso: nessuna illusione, nessuna tentazione.

Dopo un tempo che parve un'eternità, i fiori bianchi si diradarono e il sentiero si aprì in una piccola radura. Al centro della radura si ergeva un arco simile a quello che avevano attraversato in precedenza, ma questo era ricoperto di rampicanti.

Mentre si avvicinavano all'arco, una voce delicata sussurrò attraverso il giardino, appena udibile ma familiare. Era la stessa voce che prima aveva cantato la canzone di sua madre, ma questa volta non aveva alcun potere su di lei. Si voltò a guardare i sentieri tortuosi che si erano lasciati alle spalle, i colori e le luci che svanivano nel crepuscolo mentre si avvicinavano all'uscita.

Kai si fermò davanti all'arco, la mente più lucida ora. Capì lo scopo del giardino: le aveva mostrato che la saggezza non consisteva sempre nello scegliere il sentiero più ovvio o quello che prometteva la ricompensa maggiore. A volte, il sentiero migliore era quello che non offriva nulla in cambio. Era una lezione semplice, ma una pesante verità.

I rampicanti si separarono per rivelare un passaggio oscuro. Kai lo indicò e guardò Liu, sorridendo.

«Se vuoi, questa volta lascio che sia tu a guidare.»

Liu la guardò a lungo prima di rispondere. «Kokoro ha fatto bene a mandarti qui. Tu hai un legame con la magia di questo posto. Seguirò la *tua* guida.»

Kai rise e guardò avanti, nell'oscurità. Non riusciva a scrollarsi di dosso la sensazione che qualcosa di pericoloso si nascondesse all'interno, ma aveva superato con successo tutte le sfide precedenti. Di certo questa non poteva essere peggiore di quelle che avevano affrontato finora... o no?

Attraversò l'arco e Liu la seguì.

14

Mentre i suoi occhi si abituavano alla penombra, Kai si accorse di trovarsi in una camera circolare. L'aria vibrava di un'energia ultraterrena che le fece rizzare i peli sulle braccia. Prima che potesse rendersi pienamente conto di dove si trovasse, si materializzarono figure eteree come quella della prima sala.

«Siamo circondati,» sussurrò, afferrando l'elsa della spada. Dubitava che l'arma sarebbe servita a qualcosa contro gli spiriti, ma la sua sensazione le dava un po' di conforto.

I guardiani levarono le loro armi spettrali all'unisono, le loro voci cavernose che echeggiavano nella camera.

«Dimostrate il vostro valore o perirete.»

Il suolo sussultò e dalla terra emersero diverse figure imponenti, golem, con i corpi coperti dalle stesse antiche rune dei guardiani. Kai sguainò la spada e fece un passo indietro.

«Sono sei,» disse Liu incredulo.

Kai strinse più forte la spada, socchiudendo gli occhi verso i tre golem che avanzavano pesantemente verso di lei. Gli altri tre si diressero verso Liu. Le creature risplendevano di una innaturale sfumatura verde e Kai sospettò che fossero fatte di giada. I loro movimenti erano lenti ma decisi, e il loro peso faceva tremare il terreno.

Rifletté su come avrebbe potuto sconfiggerli. La pietra poteva essere incrinata, scheggiata o rotta, ma la giada, specialmente quella fusa con la magia, era una sfida completamente diversa.

La presenza di Hikari le entrò nella mente. *Non sono di carne e ossa, ma hanno dei punti deboli. Trovali e li abbatterai.*

Kai si domandò come facesse il drago a sapere cosa stesse affrontando, ma non ebbe il tempo di chiederlo. Il golem più vicino alzò il braccio, e il suono della pietra scricchiolante riempì l'aria. Calò il colpo con una velocità terrificante e Kai si tuffò di lato appena in tempo. L'impatto scosse il terreno, sollevando una pioggia di terra e pietrisco.

Liu era già in movimento, la sua spada che lampeggiava nella luce fioca mentre mirava alle giunture del golem più vicino a lui. La sua lama incontrò la giada con un clangore metallico, ma lasciò a malapena un graffio. Schivò un fendente e indietreggiò.

«Ci serve una strategia,» disse.

Kai era di nuovo in piedi, il suo sguardo che passava rapido dai golem ai guardiani spettrali che ora circondavano la sala. Le rune incise sulla superficie di giada dei golem emanavano un debole bagliore, che rendeva la pietra quasi traslucida.

«Sono collegati in qualche modo,» disse Kai. «I golem e gli spiriti.»

«Cosa succede se spezzi quel legame?»

Kai non lo sapeva, ma la sua domanda le diede un'idea. Uno dei golem fece un passo verso di lei. Scattò in avanti per affrontarlo, sferrando un fendente con la spada contro le rune incandescenti incise lungo il suo braccio. La sua spada scintillò contro la giada e lei sentì la magia vacillare per un istante. Era quella, la magia.

«Mira ai simboli!» gridò. «È quella la chiave!»

Liu annuì, il volto cupo per la concentrazione. Sfrecciò oltre un golem, abbassandosi sotto il suo pesante braccio, e calò la lama sulle rune della sua gamba. La giada brillò con un'esplosione di luce e una profonda crepa apparve dove la sua spada aveva colpito.

«Sta funzionando,» disse, schivando un altro fendente. «Dobbiamo solo...»

Prima che potesse finire la frase, un altro golem si lanciò in avanti, muovendosi più velocemente di quanto le sue dimensioni suggerissero possibile. Il suo braccio massiccio si abbatté verso Liu, che ebbe a malapena il tempo di reagire. A Kai balzò il cuore in gola quando il colpo andò a segno, scaraventando Liu all'indietro. Si schiantò contro il muro e scivolò a terra, privo di sensi.

«Liu!»

Kai scattò in avanti, la sua spada che fendeva l'aria con precisione. La sua lama nera colpì la runa più grande sul petto del primo golem e una ragnatela di crepe si diffuse sul suo torso. Il golem vacillò, i suoi movimenti rallentarono mentre la sua magia cominciava a dissolversi. Questo mandò gli altri su tutte le furie.

Chinandosi, Kai corse verso la figura immobile di Liu e si parò di fronte a lui. Il golem che Liu aveva colpito si avvicinò e Kai affondò la spada nel punto debole che lui aveva creato nella gamba della creatura. Con un forte schianto, l'arto si frantumò, facendo crollare il golem a terra con un boato assordante.

Ne rimanevano quattro ancora in piedi.

Non persero tempo a stringere il cerchio. I guardiani osservavano in silenzio, i loro sguardi impassibili. Kai rimase a protezione del corpo di Liu, la sua mente che correva all'impazzata alla ricerca di un piano per sconfiggere i golem rimasti.

Pensando alle crepe che aveva creato nel primo golem, Kai concentrò la sua attenzione sullo sfruttare quei punti deboli negli altri. Ignorando il pericolo incombente, sfrecciò tra i golem che avanzavano, colpendo le loro rune incandescenti. A ogni colpo, crepe si diramavano a ragnatela sui loro corpi di giada, e la camera echeggiava a ogni fendente.

Kai combatté con tutta la forza che riuscì a raccogliere, ma le sue energie si stavano rapidamente esaurendo. Il peso della situazione la opprimeva e temeva che la fine fosse vicina. I suoi respiri erano affannosi e il sudore le incollava i vestiti alla pelle. Si sentiva costretta, i suoi movimenti si facevano più lenti.

Inciampò e cadde, atterrando pesantemente a terra, e la sua spada tintinnò rimbalzando fuori dalla sua portata. Kai cercò freneticamente la magia a cui aveva attinto prima, ma quella le sfuggiva. I golem rimasti avanzarono e Kai vide la sua vita passarle davanti agli occhi. Voleva alzarsi, continuare a combattere, ma i suoi muscoli sembravano di piombo.

Le massicce creature la sovrastavano e una di loro alzò un piede per schiacciarla. Kai si preparò al colpo, ma un grido di battaglia la sorprese. Vide Liu in piedi, con il sangue che gli scorreva lungo il viso da una ferita alla testa. Sbatté la spada contro il fianco del golem che stava per calpestare Kai, il che fece perdere l'equilibrio alla creatura. Cadde a terra e gli altri rivolsero la loro attenzione a lui.

Kai si costrinse ad alzarsi e strisciò a quattro zampe per recuperare la spada. Afferrò la lama e si rialzò, voltandosi giusto in tempo per vedere i golem convergere su Liu.

«No!»

Lui si accasciò sotto i loro colpi e rimase immobile. La vista di Kai si annebbiò e le braccia le tremarono. Cercò dentro di sé, tastando i fili di magia che la legavano a Hikari. All'inizio, le scivolarono via dalle dita. Era come cercare di afferrare l'acqua con le mani. Con un grido gutturale, ci provò di nuovo e questa volta riuscì ad afferrarli.

Un'ondata di potere puro eruppe da lei. Si schiantò contro i golem, inchiodandoli al muro. Le loro rune brillarono come se cercassero di resisterle, ma vennero consumate dalla sua furia, con la magia che ruggiva come un fuoco indomito. L'agonia di aver visto cadere Liu aveva sbloccato qualcosa di primordiale dentro di lei.

L'onda di energia fece tremolare i guardiani spettrali come fiamme di candela esposte a una folata di vento. Con un grido acuto, Kai diresse tutta se stessa contro i golem. I loro corpi di giada si frantumarono in mille pezzi, creando una tempesta letale di frammenti mentre i detriti vorticavano per la camera.

Kai rilasciò la magia e barcollò verso il corpo di Liu. Si lasciò cadere in ginocchio accanto a lui, con le mani che le tremavano mentre gli cercava il polso. Era flebile e si affievoliva rapidamente. Il terrore la pervase. Stava morendo, ed era tutta colpa sua.

15

«Ha dimostrato di esserne degna.»

Le parole del guardiano non significavano nulla. Le lacrime le annebbiavano la vista e si maledisse per aver permesso a Liu di venire con lei. Se fosse rimasto indietro con Kokoro...

Saresti morta, disse Hikari, la sua voce che penetrava il dolore di Kai. *Si è sacrificato per salvarti.*

Kai si asciugò le lacrime e guardò il guardiano. Se ne stava lì, impassibile.

«Potete aiutarlo?» chiese.

«Per lui non c'è più nulla da fare.»

Kai sussultò e si gettò sul corpo di Liu, piangendo a dirotto. Era stato più di un mentore per lei, era stato suo amico. Forse il suo unico amico. La presenza di Hikari riempì il loro legame e un'ondata di conforto la pervase. Attutì il dolore, ma non lo diminuì.

Il tempo cessò di esistere mentre giaceva lì. Dopo un po', le lacrime si fermarono. Sollevò la testa per cercare i guardiani. Erano scomparsi, e al centro della stanza si ergeva un piedistallo. Una magia sconosciuta ne irradiava, e Kai si alzò lentamente. Una massa scintillante di oscurità era posata sulla sommità del piedistallo.

Kai si avvicinò con cautela, temendo che potesse esserci un'altra prova. Non avrebbe potuto sopportare altro. Il mantello ondeggiava come notte liquida, i suoi bordi che si confondevano e si riformavano in un disegno ipnotico. Scaglie di luce stellare danzavano sulla sua superficie, suggerendo l'immenso potere racchiuso tra le sue pieghe.

Un miscuglio di emozioni contrastanti si agitava dentro di lei. Kokoro aveva detto che questo mantello poteva aiutarla a sconfiggere i Drakka, ma a quale prezzo? Che cosa le avrebbe fatto brandire un tale potere?

Il potere ha sempre un prezzo, le disse Hikari. *Ma tu hai un cuore puro e una causa giusta. Se c'è qualcuno in grado di dominarlo senza esserne consumato, quella sei tu.*

Sembrava di sentire Liu... le lacrime le bruciarono di nuovo gli occhi e strinse i denti per sopportare il dolore. Mettendo da parte l'agonia, afferrò il mantello. Non appena le sue dita lo toccarono, i suoi occhi si spalancarono. Il mantello sembrava vivo sotto il suo tocco, il suo tessuto d'inchiostro che si ondulava.

È terrificante, disse lei.

Prendilo.

Kai lo sollevò dal piedistallo. Il suo peso la sorprese. Sembrava allo stesso tempo incredibilmente leggero e incommensurabilmente pesante. Con un movimento fluido, si gettò il mantello sulle spalle e lo strinse a sé. Nel momento in cui si posò su di lei, il mondo cominciò a mutare e a offuscarsi. L'oscurità si vorticò ai margini della sua visione e provò la strana sensazione di essere contemporaneamente presente e altrove.

Dove sei andata? La voce di Hikari suonava distante, come se provenisse da sott'acqua.

Kai lottò per concentrarsi, la sua percezione che si spostava costantemente tra il mondo fisico e qualcos'... altro. Le ombre danzavano intorno a lei, sussurrando segreti di poteri antichi e regni dimenticati. Poteva percepire il tessuto stesso della realtà piegarsi e deformarsi attorno a lei.

Hikari, riesci a sentirmi? È soverchiante. Vedo ogni cosa. Le ombre, sono vive. E posso muovermi attraverso di loro, diventare una cosa sola con loro.

Mentre parlava, si sentì scivolare tra i regni, il suo corpo che svaniva e riappariva. I confini tra luce e buio, fisico ed etereo, si confondevano fino a perdere di significato. Era ovunque e in nessun luogo, un essere d'ombra e di sostanza.

Questo potere è più di quanto avrei mai potuto immaginare.

Controllalo, disse Hikari, paura e stupore che si mescolavano alle sue parole attraverso il legame. *Devi controllarlo.*

Con uno sforzo di volontà monumentale, Kai si costrinse a solidificarsi, ancorandosi saldamente al regno fisico. Raddrizzò le spalle e il mantello le ondeggiò intorno come oscurità vivente. Guardò il corpo di Liu. Il dolore era ancora dentro di lei, ma ora era distante, come se fossero passati molti anni dalla sua morte.

«Meriti un luogo di riposo migliore di questo,» disse dolcemente.

Kai sollevò il suo corpo, cullandolo tra le braccia. Pensava che sarebbe stato più pesante, ma forse era diventata più forte di quanto si rendesse conto. Usando il potere del mantello, scivolò nel regno delle ombre e attraversò i muri, lasciando il tempio. Si solidificò e sbatté le palpebre contro la luce acuta del sole. Hikari la osservò con curiosità per un momento.

Lo seppelliremo a Tatenagawa, disse Kai.

La dragonessa abbassò il suo corpo così che Kai potesse salirle in groppa e, tenendo ancora il corpo di Liu, Kai si issò su, con ogni muscolo che le tremava. Si sistemò e Hikari si lanciò nel cielo. Il vento li sferzava, ma Kai teneva una mano stretta intorno a Liu e con l'altra si aggrappava alle scaglie di Hikari.

Come sapevi cosa ho affrontato là dentro? chiese Kai.

Siamo legate come una cosa sola. Ci sono stati momenti in cui ho potuto vedere attraverso i tuoi occhi e sentire ciò che sentivi tu.

Mi hai aiutata in qualcuna delle prove?

No, disse Hikari solennemente. *Volevo farlo, ma me lo hanno proibito.*

Chi?

I guardiani.

Kai rimase in silenzio, i suoi occhi che seguivano le forme delle scaglie di Hikari mentre si perdeva nei suoi pensieri. Liu era morto per salvarla e non l'avrebbe mai dimenticato. Con il Cuore, e ora il mantello, avrebbe fatto tutto il necessario per porre fine ai Drakka.

I due giorni seguenti sembrarono durare un'eternità, ma alla fine Tatenagawa divenne visibile in lontananza, con il tempio che si ergeva come una sentinella oscura contro l'orizzonte. Kai fu sollevata nel vederlo, ma notò del fumo che si avvolgeva pigramente nell'aria da uno dei cortili più piccoli.

Hikari ruggì e batté le ali con più forza. Anche da quella distanza, Kai sapeva che i Drakka erano tornati. Pregò i suoi antenati che Kokoro fosse al sicuro, ma qualcosa nel profondo le diceva che l'anziana era in pericolo.

Mentre Hikari scendeva, Kai poté vedere statue in frantumi e cancelli scheggiati. I terreni del tempio brulicavano di Drakka e non c'era traccia di Kokoro.

La percepisci?

È viva, ma l'hanno fatta prigioniera. Dice che tua sorella è qui.

16

A Kai balzò il cuore in gola. Akuhara era qui? Rabbia e incredulità si contendevano il suo animo mentre Hikari iniziava la discesa.

«Atterra lontano dal tempio» disse Kai.

Hikari obbedì, portandoli giù vicino al fiume. Atterrarono con un tonfo e Kai scivolò giù dalla schiena di Hikari, con le ginocchia che le cedettero per un istante sotto il peso del corpo di Liu. Ora sembrava più pesante e i suoi arti si erano irrigiditi in angolazioni innaturali. Lo depose con delicatezza sull'erba, scostandogli una ciocca di capelli dal viso.

«Resta qui. Troverò Kokoro e tornerò.»

Hikari emise un brontolio di disappunto. *«Verrò con te.»*

«No. Posso usare il mantello per entrare senza essere vista, ma i Drakka ti noteranno facilmente. Tornerò il più in fretta possibile.»

Si fissarono per un istante, prima che Hikari strofinasse il muso sul petto di Kai.

«Se dovesse succederti qualcosa, distruggerò ogni cosa sul mio cammino.»

Alle parole della dragonessa, lacrime involontarie affiorarono agli occhi di Kai. Non aveva mai provato un amore così profondo come quello che condivideva con la dragonessa. Ricacciando indietro le lacrime, strofinò le scaglie sul muso di Hikari e si voltò verso il tempio.

Il fumo si aggrappava alle gronde della struttura, avvolgendosi verso il cielo come un serpente. Il suolo un tempo sacro era ora profanato dalla presenza dei Drakka. Kai strinse le mani a pugno e il mantello le si mosse attorno, rispondendo al montare della sua rabbia. Il tempio era quasi irriconoscibile, più simile a un campo di battaglia che a un luogo di pace.

Stringendosi il mantello addosso, Kai svanì dalla vista, scivolando tra le ombre. Il suo corpo divenne un tutt'uno con l'oscurità, una sensazione che la disorientò per un breve istante. Il mantello sembrava guidarla e lei si mosse tra le rovine come uno spettro, la sua forma che mutava tra i regni.

Trovò Kokoro nel cuore del tempio. I suoi polsi erano legati insieme da una pesante corda scintillante che pulsava di energia oscura. Il suo viso era pallido, gli occhi socchiusi.

«Kokoro» sussurrò Kai, materializzandosi al suo fianco.

Gli occhi dell'anziana si aprirono lentamente, mentre un lampo di riconoscimento le attraversava il viso. «L'ha trovato.»

«Sì. Cos'è successo qui?»

«Ho cercato di respingerli, ma sono troppo forti. Sua sorella...»

«Dov'è?»

Prima che Kokoro potesse rispondere, un applauso lento e deliberato echeggiò nella sala. Kai si voltò di scatto, con il cuore che le martellava nel petto.

Lì, in piedi all'estremità opposta della stanza, c'era Akuhara.

«Sorellina! Sei venuta a giurarmi fedeltà?»

Kai sguainò la spada e guardò la donna in cagnesco. Potevano anche condividere lo stesso sangue, ma Akuhara non era sua sorella. Indossava le stesse vesti scure che portava a Ikje. Dietro di lei stavano due Drakka imponenti, con gli occhi pieni di malizia.

«Cosa ci fai qui?»

«Pulisco la sporcizia» disse Akuhara, lanciando un'occhiata alle sue spalle verso Kokoro, il labbro superiore arricciato con disprezzo.

«Non ti permetterò di farle del male.»

Akuhara ridacchiò cupamente, un suono che fece correre un brivido lungo la schiena di Kai. «Cosa pensi di fare? Se ti metti sulla mia strada, morirai.»

«Perché li stai aiutando? Non vogliono altro che distruzione.»

«Sei una sciocca. Nostra madre ti ha viziata e ti ha resa debole. Io non li aiuto, io li *guido*. E sotto la mia guida, cambieranno l'ordine delle cose. L'impero crollerà e al suo posto ci sarà qualcosa di nuovo, qualcosa di migliore. Puoi farne parte... se piegherai il ginocchio. Giurami la tua fedeltà.»

«Non mi inchinerò mai a te» disse Kai. «Mai.»

«Allora hai scelto la morte.»

Akuhara sguainò la sua lama, una katana ricurva che splendeva come se fosse stata forgiata nell'argento. Le due donne si girarono intorno, l'aria tra loro tesa come la corda di un arco. Si lanciarono l'una contro l'altra all'unisono e lo scontro dell'acciaio risuonò come un gong percosso.

Kai digrignò i denti e fece scivolare la sua lama lungo quella di Akuhara in una pioggia di scintille, spingendo all'indietro con uno sforzo grugnito. Sua sorella sorrise, piroettando via e schioccando il polso. Viticci oscuri di energia si dipanarono dalle sue dita verso il viso di Kai. Senza esitazione, Kai sollevò la lama e li bloccò. La sua spada si accese di una brillante luce arancione, divorando i viticci.

Akuhara sibilò e scatenò un altro incantesimo. Kai saltò indietro appena in tempo. Il punto in cui si trovava esplose in una pioggia di energia nera, e crepe frastagliate si diffusero sul pavimento del tempio. Kai sentì qualcosa fluire attraverso il loro legame, un'antica saggezza di anziani del passato. Estese la mano e le fiamme le eruttarono attorno al braccio. Scattando con il braccio in avanti, il fuoco sfrecciò nell'aria in una mezzaluna ardente.

Akuhara schivò di lato, evocando uno scudo magico che assorbì il grosso dei danni. Ciò che ne rimase proseguì, colpendo il muro accanto a uno dei Drakka. La bestia non si mosse, se non per ringhiare. Kai colmò la distanza, la sua spada un turbine di movimento. La abbassò in un arco, mirando al fianco scoperto di Akuhara.

La donna si contorse all'ultimo secondo, parando il colpo, poi scagliò un'esplosione di magia oscura che spedì Kai all'indietro, con gli stivali che stridevano sulle piastrelle incrinate. Fece una smorfia, i muscoli indolenziti per l'impatto, ma recuperò la sua posizione. Attingendo al loro legame, Kai incanalò il potere in un anello protettivo di fuoco attorno a sé.

In un turbine di movimento, Akuhara scattò in avanti, la sua magia oscura che spegneva le fiamme mentre attraversava la barriera, affondando la spada verso lo stomaco di Kai. Kai parò il colpo, ma Akuhara cambiò improvvisamente direzione e la sua lama giunse pericolosamente vicina alla gola di Kai.

Kai si piegò all'indietro così tanto che quasi cadde, ma riuscì a mantenere l'equilibrio e a evitare di essere colpita. Sentiva la sua spada implorare il sangue dei Drakka e il mantello voleva che si sottomettesse al regno delle ombre. Era quasi troppo da sopportare.

La presenza di Hikari le riempì la mente, infondendole nuova forza. Mise da parte i sussurri distraenti delle sue armi e urlò. Le fiamme avvolsero di nuovo la sua spada. Attaccò Akuhara senza tregua, spingendola indietro a ogni fendente, la sua lama infuocata che lasciava scie di aria bruciata al suo passaggio.

Sua sorella ringhiò, il viso contratto dalla frustrazione. Con un gesto della mano, evocò una cupola di energia nera vorticante. Si espanse verso l'esterno, costringendo Kai a indietreggiare mentre la cupola si contorceva e si torceva.

Kai strinse gli occhi, impugnando più saldamente la spada. Fece un respiro profondo, cercando la concentrazione. Poi, con una secca espirazione, concentrò le fiamme sulla punta della spada. Con un unico, rapido movimento, si lanciò in avanti, la sua spada che fendeva l'aria come una cometa. Le fiamme ruggirono, un raggio concentrato di fuoco che trafisse la cupola di Akuhara, mandandola in frantumi.

La forza si propagò nell'aria, scagliando i due Drakka contro le pareti del tempio e aprendo una breccia verso l'esterno. Detriti di pietra e legno volarono in ogni direzione. Kai continuò a premere, costringendo Akuhara a una ritirata a suon di fendenti e affondi che le portò fuori. Akuhara inciampò e cadde supina. Kai le fu sopra e spense le fiamme della sua spada, poi le premette la punta della lama contro la gola.

«È finita» ansimò Kai.

Le labbra di Akuhara si piegarono in un sorrisetto beffardo. «Hai già perso e non te ne rendi nemmeno conto.»

Un ruggito spaccò il cielo e Kai alzò di scatto la testa. Un'enorme sagoma sfrecciava verso il cortile. Era il drago grigio di Ikje, quello legato ad Akuhara. Il drago atterrò con un boato simile a una montagna che si frantuma e l'onda d'urto fece barcollare Kai.

Sto arrivando! gridò Hikari.

I Drakka si riversarono attorno alla mole del drago, accorrendo in aiuto della loro comandante. Akuhara rotolò via e un'ondata di calore intenso travolse Kai, mentre il drago grigio scatenava le sue fiamme. Il suo primo istinto fu di rifugiarsi nel regno delle ombre, ma il Cuore di Fiamma la chiamava, insistente. Diede ascolto alla pietra e, quando le fiamme la raggiunsero, si divisero ai suoi lati, lasciandola illesa.

Gli occhi di Akuhara si sgranarono per un istante e Kai provò soddisfazione per la sua sorpresa. Estrasse il cuore dalla borsa e lo strinse nel palmo della mano, poi afferrò l'elsa della spada. Con il cuore, il mantello e l'antica magia che fluiva attraverso il loro legame, si sentì come se nulla potesse fermarla.

Con un grido che non sembrava la sua voce, Kai scatenò tutto ciò che poteva evocare. Fuoco, terra, vento, acqua, ombra: tutti gli elementi convergerono. Il cielo si oscurò e il vento ululò, piegando gli alberi. La terra si spaccò e si sollevò, e un turbine di fuoco eruttò dalla fessura, con lingue che leccavano il cielo. Fulmini saettarono giù dal cielo, colpendo ripetutamente il drago grigio, che ruggì di rabbia e dolore. Akuhara indietreggiò barcollando, guardando il suo drago ferito.

I Drakka caddero nella fessura, ridotti in cenere in pochi secondi. Kai voleva che tutto bruciasse e infuse ancora più potere nella sua furia. Il cortile sprofondò nell'oblio. Questo era il potere di un vero cavaliere di draghi, il potere degli elementi stessi. Era il potere di distruggere tutto ciò che esisteva... ma anche di proteggerlo.

Kai riprese il controllo di sé e fermò la magia. I venti cominciarono a placarsi e le fiamme si spensero. La terra si richiuse, lasciando un segno che somigliava a una cicatrice.

«Ritirata!» urlò Akuhara.

I Drakka rimasti non se lo fecero ripetere due volte. Fuggirono, in una ritirata caotica e disorganizzata. Akuhara salì sul dorso del suo drago, che spiccò il volo. Le sue scaglie erano annerite in diversi punti e sbatteva le ali goffamente.

Akuhara la fissò con odio, poi il drago si voltò e se ne andò.

17

Il corpo di Kai implorava riposo, ma lei entrò nel tempio e si inginocchiò accanto a Kokoro. L'anziana era viva, ma a malapena. Il suo respiro era debole e sembrava che stesse svanendo rapidamente. La mole di Hikari oscurò la luce quando infilò la testa tra le rovine del muro del tempio.

«Kokoro, ora è al sicuro» sussurrò Kai, con la voce roca e fragile. «Se ne sono andati.»

«È più forte di quanto pensassi.»

«Questo potere è troppo grande per me.»

«Imparerà» rispose Kokoro, ogni parola pronunciata a fatica. «Reciti i giuramenti.»

Kai aggrottò la fronte, confusa. «Cosa?»

«I... giuramenti...»

Kai capì cosa intendesse e lanciò un'occhiata a Hikari. *Conosci le parole?*

Sono iscritte nel mio sangue.

Kai annuì e si rivolse di nuovo a Kokoro. Le scostò i capelli macchiati di fuliggine dal viso dell'anziana, con un tocco delicato, quasi timoroso, come se avesse paura di farle male. Gli occhi di Kokoro si chiusero e, per un istante, Kai pensò che se ne fosse andata. Kokoro parlò di nuovo, ma con un filo di voce.

«Faccia in fretta...»

«Per la fiamma sacra e l'antico vincolo che ci unisce, giuro di onorare i nostri antenati, di proteggere le nostre terre e la sua gente con coraggio e saggezza. Con il mio drago come guida e come forza, consacro la mia vita alla tutela del nostro regno, ora e per tutta l'eternità.»

Per il soffio del fuoco e i cieli che solchiamo, giuro di onorare il nostro antico vincolo, di proteggere le nostre terre e le sue creature con potenza e grazia. Con la mia cavaliera come cuore e come spirito, consacro la mia vita alla tutela del nostro regno, ora e per tutta l'eternità.

«Lei... non è... più... una Prescelta. Lei... è... una Giurata.»

Un ultimo respiro sfuggì dalle labbra di Kokoro, e il suo corpo si immobilizzò. Kai avrebbe voluto piangere, ma non le uscì nessuna lacrima. Ci sarebbe stato il tempo per quelle, lo sapeva, ma non era quello il momento. Si alzò, con movimenti lenti. La spossatezza minacciava di sopraffarla, ma la respinse. C'era ancora una cosa da fare prima di potersi riposare. Doveva seppellire i suoi amici.

Hikari scavò due fosse profonde, e Kai depose il corpo di Liu in una e quello di Kokoro nell'altra. Li fissò per un lungo istante, senza sapere cosa dire. Non c'erano testimoni oltre a Hikari, ma le sembrava sbagliato non dire nulla. Alla fine, scelse le parole.

«Avete trovato pace da questo mondo. Vi terrò nel mio cuore, grata per il tempo che abbiamo condiviso. Grazie per tutto ciò che mi avete insegnato.»

Fece un cenno a Hikari e la dragonessa riempì le fosse di terra, usando gli artigli per compattarla saldamente.

Dove andiamo ora?

Kai volse lo sguardo verso l'orizzonte, nella direzione in cui Akuhara era fuggito.

Andiamo a porre fine a tutto questo, una volta per tutte.

Il viaggio continua con...
Giurato

À PROPOS DE L'AUTEUR

INFORMAZIONI SULL'AUTORE

Ciao!

Sono un autore fantasy che ama scrivere di draghi. Ho pubblicato oltre 40 libri e ho intenzione di scriverne molti altri.

Spero che questo libro vi sia piaciuto e grazie per la lettura.

Potete seguirmi sui social media per contattarmi direttamente all'indirizzo https://www.facebook.com/dragonfirepress.